D1717832

Das Buch

Flucht ins Paradies

Dr. sc. Ernst_{HD}

Bibliografische Information der Deutschen Bibliothek:

Die Deutsche Bibliothek verzeichnet diese Publikation in der Deutschen Nationalbibliografie; detaillierte bibliografische Daten sind im Internet über www.d-nb.de abrufbar.

Text und Grafiken: Dr. sc. Ernst$_{HD}$
Fotoarbeiten: FICTION FOTOGRAFIE (Paula / Ernst)

ISBN 978-3-944990-86-6

Erste Auflage

Verlag Andrea Schröder, Inhaber Jens Koch, Bernau
www.verlag-andreaschroeder.de
© 2021 Verlag Andrea Schröder, Inhaber Jens Koch

Vorwort

Es war der Vorabend des Corona-verhinderten Martinsgansessens des Jahres 2020 nach gregorianischem Kalender, als Ernst beschloss, die Menschheit nochmals in eine uralte Diskussion zu verwickeln, aus der diese als eine andere wieder auferstehen könnte.

Inhalt

Inhalt

FICTION FOTOGRAFIE *(Paula/Ernst, 2020):* **„Der Traum"**

Das Buch

Ernst

Das Menschlein sinnt
Ein Buch, das möcht er schreiben
Das Buch der Bücher
Vereinen alles Streben
Von Natur und Geist
Gott und Teufel gar versöhnen
Das Leben mit dem Tod
Seine Orbitaltheorie legt es ihm nah

Tausend Religionen fein erdacht
Tausend Sprachen
Tausend Völker
Milliarden Menschen
Unendlich viele Gedanken
In uns selbst

Die sich nicht verstehn

Ja, wir haben uns entwickelt
Vielleicht
Jetzt ist es an der Zeit
Es zu versuchen
Zu finden ein gemeinsam Ziel

Eine gemeinsame Idee
Die auch Heimat für alle Götter ist
Die sich die Menschen je ersehnt

Wie könnte das wohl sein
Was könnte alle vereinen im Gebet

Vielleicht wäre es hilfreich
Die Sonne abzudecken
Nur kurz
Bis alle flehen
Es werde Licht

Das Licht
Das Licht ist's
Was uns vereint in der Dunkelheit

Vorgeschichte

Ernst, ein in die Jahre gekommener Wissenschaftler, hatte wider eigenes Erwarten, sein Buch **„Orbitaltheorie P21"** abgeschlossen bevor ihn die Mächte der Dunkelheit in ihr Reich zerren konnten, saß mit dröhnendem Kopf vor dem PC und war festen Willens einen Vorstoß zu versuchen, den sicher schon viele vor ihm gewagt hatten, ohne ihn je erfolgreich zu Ende gebracht zu haben.

Er wollte versuchen, die Menschheit zu vereinen und zu versöhnen, sie zu ihrem wahren Sein zu führen, zum Licht.

Dass das den Verzicht auf vieles Liebgewonnene, ja sogar die Verdrängung und Vernichtung vieler als eherne Gesetze gedachten Gepflogenheiten und Regeln nach sich ziehen würde war für ihn völlig klar, konnte ihn aber nicht von seinem Versuch abhalten, alle Menschen auf eine höhere Idee einzuschwören, der sich alle freien Willens unterordnen könnten ohne ihre eigenen *„Glaubensideen"* und Gebräuche zu verraten.

Sein Buch hatte ihm die Begrenztheit der zeitlichen, räumlichen, körperlichen, geistigen und energetischen menschlichen Welt innerhalb eines unendlichen Alls deutlich aufgezeigt und schrie förmlich nach Veränderung des menschlichen Denkens und Handelns für ihre zeitlich eingeschränkte körperliche Aufenthaltsdauer in unserem Universum.

Ernst wollte darüber nachsinnen, wie der Weg zur humanen Gestaltung des Planeten Erde als Heimat aller Menschen für die verbleibenden 900 Mio. Jahre beschritten werden könnte.

Für ihn stand fest, dieser Weg führt aus der Dunkelheit zurück ins Licht und ist der einzige Pfad aus der unausweichlichen Katastrophe, der Vernichtung der Menschheit durch den Menschen selbst.

Der Weg

Ernst saß wieder im Holzhaus vor seinem PC, das Kaminfeuer züngelte eine behagliche Wärme in den Novembertag. Das Laub der dreihundertjährigen Eiche wälzte sich über die Dächer seiner Häuschen, drohte große Rasenflächen unter sich zu begraben und die Teiche zu verseuchen. Sein Rasentraktor mit Mulch-Funktion stand aufgetankt und wartete, gut überdacht. Noch rieselte das Laub im Herbstwind zart zu Boden. Er musste Dringenderes erledigen.

Vor kurzem konnte Ernst die Arbeiten an seinem ersten Buch beenden und auf eine Phase der tiefen Entspannung hoffen, da plagte ihn wieder Unruhe, weiter denken und schreiben zu müssen. Ohne es zu wollen fühlte er bereits den zweiten Ring in seiner Hand und den Sog diesen bis zu dessen Vernichtung tragen zu müssen. Das Ziel seines Weges verbarg sich für ihn noch im dichten Nebel der Zeit.

Ernst hatte lange gegrübelt, wie der steinige Weg der Menschheit hin zu einem „Blauen Planeten" der Freiheit, Freude, Schönheit, Liebe und des Lichts für alle Menschen aussehen könnte und welche Voraussetzungen erfüllt sein müssten.

Dass er dafür seinen „unscharfen Blick" bemühte, der weder Anspruch auf Vollständigkeit noch alleinige Wahrheit beinhaltete, war für Ernst Voraussetzung für einen möglichen Erfolg seines Unterfangens.

Er versuchte in seinen Gedanken aus allem die für ihn zielführenden Ansätze zu extrahieren.

Als er das Wort „unscharf" niederschrieb zog ein Lächeln über sein müdes Gesicht, in Gedanken bei Werner Heisenbergs Unschärferelation.

Überall im Raum verstreut lagen Bücher und Zeitschriften, teils gestapelt, teils wie achtlos hingeworfen. Über die Ränder der Bücher ragten Lesezeichen, die er sich mittels einer Fotoschere aus Fehldruckseiten seines ersten Buches selbst zurechtgeschnitten hatte.

Es waren Kinder- und Märchenbücher, Bücher über Götterwelten und Philosophien, über unsere Erde, unser Universum und die Kosmen, das All, Bücher über Marktwirtschaft und das Kapital, über Naturwissenschaft, Magie und Religionen. Alle lagen friedlich vereint, berührten und mischten sich, ohne Vorurteil und Klagen.

Odin blickte einäugig neben Thor von seinem Thron in Walhall, sah die Götter der alten Griechen und Römer neben Pharaonen stehen und die Indianer untergehen. Heilige Plätze und magische Orte lockten die Gedanken aus Pyramiden, Kathedralen, Kirchen, Synagogen, Tempeln und Moscheen aller Erdteile unseres Planeten hin zum Blick ins weite All…

Ernst hatte genug gelesen. Es war an der Zeit, zu versuchen, Gedanken zu bündeln.

1. Die Suche nach dem „Einenden Element" in den Weltreligionen

Seit Bestehen der Menschheit haben die menschlichen Wesen versucht, die sie umgebene Natur zu erkennen und für sie nicht erklärbare Phänomene zu deuten. Der Einzelne mag dabei zu merkwürdigen, sicher subjektiv begründbaren, Ergebnissen gelangt sein.

Bedeutsam und besitzergreifend wurden die Ergebnisse der Grübeleien für die menschliche Gesellschaft erst als daraus einzelne Philosophien und Religionen entstanden, die den Anspruch auf alleinige „*Wahrheit*" nur für sich beanspruchten und versuchten die Weltanschauung und Religionen der anderen zu unterdrücken bzw. sogar auszulöschen. Dabei ist in den Grundlehren der einzelnen Glaubensansätze und Religionen meist kein aggressiver „*Vernichtungsgedanke*" enthalten. Nur der Missbrauch der Lehren durch die Menschen als Vertreter der Glaubensrichtungen verhinderte bisher die Suche nach einer gemeinsamen, vereinenden Idee.

Die menschliche Geschichte ist eine Abfolge von leidvollen Vernichtungsfeldzügen gegen Gedanken, Gefühle, Glaubensbekenntnisse, Philosophien und politische Systeme menschlicher Wesen.

Ernst fühlte, dass die Menschen heute in einem Zeitalter, in dem die Entdeckung von Schwarzen Löchern in unserem Universum zur Normalität gehört, weiter davon entfernt waren, zu begreifen und zu akzeptieren wer wir Menschen innerhalb des unendlichen Alls sind, als zu Zeiten unserer Vorfahren als wir staunend und ängstlich zum Himmel blickten und auf eine Erklärbarkeit unserer Anwesenheit in einer uns bestimmenden Welt, in die wir ungefragt hineingeboren wurden, hofften.

Ernst ehrte alle von Menschen je erdachten menschlichen Ideen, die versuchten, das „*Unbegreifliche*" für ihre Gehirne begreifbar scheinen zu lassen, von grauer Vorzeit bis zum heutigen Tag.

Er konnte allerdings deutlich erkennen, dass der Egoismus der einzelnen Menschen und Menschengruppen eine große Barriere zur Verwirklichung seiner Ideen darstellen würde.

Wie könnte man erreichen, dass alle Menschen sich als eine gemeinsame Art von Lebewesen mit identischen Interessen definieren bzw. erkennen könnten?

Wie könnte man sie zu einem gemeinsamen Handeln bewegen?

Ameisen und Ratten bräuchte er diese Frage sicher nicht zu stellen.

Der entscheidende „Schalter" zum Wandel liegt im Kopf, im Denken der Menschen.

Denken führt zu katastrophalen Missverständnissen, zu Kriegen und Vernichtung?

Die Suche nach einer Säule, die alle bestehenden Philosophien und Welt-religionen als fundamentale Basis ihrer eigenen Lehren benutzen könnten, die Suche nach einer von allen Menschen akzeptierbaren Idee, könnte ein erster Schritt in eine gemeinsame Richtung sein, dachte Ernst.

Für ihn, als „Licht-Besessener" war die Antwort auf die Frage nach dem „Einenden Element" relativ einfach und eindeutig.

Es war das Licht.

Alle Menschen sind Kinder des Lichts.

Ernst sah in Gedanken Vertreter der unterschiedlichsten Glaubens-richtungen aus grauer Vorzeit bis jetzt auf einer geheimnisvollen Wanderung zu einem unbekannten Ziel. Eine endlose Menschenschlange bewegte sich zum Pol im Norden unseres Planeten, in die ewig wiederkehrende Dunkel-heit der Polarnacht.

Was war geschehen?

Was war ihr Ziel?

Er hörte Schlachthörner rufen von fern, Violinen- und Harfengesang und reihte sich wortlos in die Schlange ein.

FICTION FOTOGRAFIE *(Ernst, 2021)*: **„Eichenmond"**

FICTION FOTOGRAFIE *(Paula/Ernst, 2020)*: **„Kreuzträger"**

Der Ruf

Bringt all Eure siebenarmigen Leuchter mit
Und Davidsterne
Kruzifixe und Fische
Monde und Sterne
Radkreuze und Lebensräder
Yin und Yang
Vergesst nicht Pharaonenstäbe
Penta- und Hexagramme
Drudenfüße und keltische Kreuze
Wüstensand und Muschelschalen
Adlerfedern und Ringe fein
Ikonen und Reliquien
Heilige Tore, Schreine und Schriften...
Ohne Zahl

All Eure Symbole
Für das was Ihr glaubt, ehrt und fühlt
Und wollt bewahren
Mit tiefen Wurzeln in alten Zeiten
Und im Jetzt
Für immer

Sendet zwei Menschen von jedem Glauben
Einen Mann und eine Frau
Im zeugungsfähigen Alter
Auf einen Platz im Norden hoch
In eisige Finsternis mit rauem Wind
In die Dunkelheit der Stille
Der ewigen Nacht

Schmückt Thors Hammer mit Lotosblumen
Auf dem blanken Eis
Im Sturm der Zeit
Summt Euer Om über den dunklen Ozean
Hisst Banner in allen Farben
Ohne sie zu sehn
Vergesst den Regenbogen nicht
Und lasst Tauben fliegen
Ins Nirgendwo

Wartet gemeinsam auf ein Zeichen
Aus dem All
Wartet in der Ungewissheit eines neuen Tages

Ob jemals wieder Licht Eure Augen finden wird
Paart Euch blind in tiefster Nacht
Ohne Vorurteil und Scham
Sooft Ihr wollt, mit wem Ihr wollt
Ungesehen vom Licht
Bis dass es kommt
Vielleicht

Erst zaghaft in feenhaftem Grün und Rot am Firmament
Verspielt Euch zu grüßen und zu locken
Dann mit brutalem hellem Strahl
Als Bote einer neuen Zeit
Das Werk ist jetzt vollbracht

Sucht Eure Heimat
Die jetzt Heimat von Euch allen ist
Die neuen Menschen eint der erste Lichtstrahl jetzt
Der ihre Zeugung sah
In dunkler göttlicher Nacht
Außerhalb von Raum und Zeit

Trefft Euch im Norden, Osten, Süden und Westen
Baut Paläste des Lichts
In jeder Kate und Jurte klein
Glaubt an Euch
Als Kinder des Lichts
Dreht das Rad des Lebens
Gemeinsam nur
Mit voller Kraft

Huldigt dem Licht
Das alle jeden Tag begrüßt
Und erinnert an den Schwur
Gemeinsam in der Nacht

Bis Ihr selbst verglüht

Dann kommt Ihr nach Haus
Zurück ins Licht

FICTION FOTOGRAFIE *(Paula/Ernst, 2020):* **„Licht"**

Das Leben der Menschen auf der Erde

Seit es uns gibt auf dem Planeten Erde versuchen wir zu denken und zu glauben.

Wir Menschen haben es geschafft Teile der Menschheit hinter fünf sogenannte „Weltreligionen" zu locken: Christentum, Islam, Hinduismus, Buddhismus und Judentum.

(z. ZT. Anhänger: Christentum ca. 2,3 Mrd., Islam ca. 1,6 Mrd., Hinduismus ca. 940 Mio., Buddhismus ca. 460 Mio., Judentum ca. 15 Mio.)

Sogenannte Atheisten geben vor, an keinen Gott, keine „höhere Macht", zu glauben, aber auch sie glauben, machen sich Gedanken über ihr Leben und die Zeit danach. Manche haben in ihren Köpfen den Naturwissenschaften, Philosophien oder gar politischen Richtungen den Platz von Gott eingeräumt bzw. ausgeliehen.

Für Ernst waren die Weltreligionen die winzige Spitze eines riesigen Eisberges der sichtbar übrig gebliebenen unzähligen Glaubensrichtungen, die teilweise von Menschen vernichtet bzw. im Sog der Zeit verschüttet wurden.

Er sah prächtige Felszeichnungen in Höhlen, Gefäße mit rätselhaften Inschriften, Pyramiden, heilige Schreine, Blumen, Tiere und Pflanzen, steinerne Säulen, Kreuze, Sterne und Mondsicheln, Lotosblumen, das Rad der Lehre und den Davidstern... Symbole des Glaubens ohne Zahl.

Er sah Zelte und Jurten, Kirchen, Dome und Moscheen, Tempel des Glaubens in Pracht und vergessen von der Zeit oder zerbombt von uns selbst.

Ernst sah Menschenschatten an Felswänden, alte Griechen, Ritter mit wehenden Bannern, Soldaten in Schützengräben, den Atompilz von Hiroshima und Astrophysiker vor Teilchenbeschleunigern, Wolkenkratzer und das Kommunistische Manifest.

Götter gab es so viele, so viele es Menschen gab.

Alle versuchten zu glauben, zu hoffen, zu lieben und zu leben auf unserer Erde.

Immer kämpften sie gegen andere, obwohl es ihre Brüder und Schwestern waren die sie versklavten, ausbeuteten oder töteten.

Gab es und gibt es nicht genug für alle?

- Land für alle
- Nahrung für alle
- Geistige Freiheit für alle
- Glück und Liebe für alle
- Licht für alle

Der Gedanke, dass auf der anderen Seite Feinde stehen, die getötet werden müssen, wurde meist durch andere Menschen in die Hirne getragen und war danach übermächtig groß. Offensichtlich brauchen Menschen immer einen „Gott", den sie anbeten können, um ihre eigenen Taten zu rechtfertigen. Der Kampf um Macht, die Verwirklichung von Machtansprüchen bestimmt ihr gesamtes Denken und Handeln.
Wie könnte man diesen Kampf ausmerzen für immer?
In dem alle einem „Gott", einer Idee folgen!?
Ernst beschloss, sich die fünf Weltreligionen exemplarisch unter dem Gesichtspunkt anzusehen, ob man sich mit ihnen auf die Anerkennung des Lichts als gemeinsames, einendes „Höheres Element" einigen könnte.

Ernst hatte dabei nicht vor, bzw. wäre auch nicht mehr in der Lage gewesen, die Gesamtlehren der Religionen zu studieren. Er versuchte aus seiner Sicht wichtige Elemente zusammenzutragen und einen Kern zu extrahieren. Die Religionsgelehrten bat er schon jetzt, ihm Detailfehler zu verzeihen. Bei der Recherche fiel Ernst auf, dass ohnehin viele der historischen Daten, einschließlich des Geburtstages von Jesus Christus, umstritten bzw. belegbar falsch sind. Außerdem plagte sich Ernst nur mit Übersetzungen und Deutungen von Originalen, ohne die Originale selbst lesen zu können.

Die kritischen Diskussionen von Zeitabläufen der zehntausend Jahre nach der letzten Eiszeit durch Geologen, die z.B. eine genaue zeitliche und räumliche Zuordnung einer (oder mehrerer) „Sintfluten" und ihrer möglichen globalen Auswirkungen anhand geologischer Sedimentforschung und Computeranimation anstreben, können hier keine Berücksichtigung finden.

1. Das Judentum

Wenn Ernst, das Nachkriegskind, seine Berührungspunkte mit dem Judentum überprüfte, senkte er sein Haupt in tiefer Scham, wie die ganze Generation Deutscher. Was während der Zeit des Nationalsozialismus diesem Volk, dieser Religion angetan wurde ist unmenschlich und unverzeihlich.

In seiner beruflichen Laufbahn hatte er die Ehre mit einigen der klügsten und teamfähigsten Menschen, die er in seinem Leben kennenlernte, zusammenzuarbeiten, die Juden waren. Obwohl zunächst jüdische Kommunisten, kehrten einige von ihnen nach der politischen Systemwende ihren jüdischen Glauben viel stärker nach vorn als Ernst erwartet hätte.

Worin besteht der Glaube der Juden?

Das Judentum ist die älteste der aktuellen Weltreligionen

(ca. 3000 Jahre) in unserem Kulturkreis.

Als Erzväter der Juden werden Abraham, Isaak *(Sohn Abrahams)* und Jakob *(Sohn Isaaks, Enkel Abrahams)* aufgeführt, die wahrscheinlich zwischen 1900 und 1500 v. Chr. zwischen Mittelmeer und Mesopotamien lebten. Aus ihnen gingen *(laut biblischer Überlieferung)* die 12 Stämme des Volkes Israel hervor.

Abraham ist sowohl Stammvater der Juden *(zentrale Figur des Tanach bzw. des Alten Testaments)* als auch der Araber. Von seinem Sohn Ismael soll Mohammed, der Begründer und Prophet des Islam, abstammen.

Abraham wurde angeblich 352 Jahre nach der Sintflut geboren.

Stifter der jüdischen Religion ist Mose *(höchster Prophet aller Zeiten im Judentum)*. Er ist der Sohn einer Israelitin und wurde nach seiner Aussetzung von der Tochter des Pharaos wundersam aus dem Nil gerettet. Laut Bibel soll er das hebräische Volk *(Israeliten)* aus der Gefangenschaft in Ägypten geführt haben und Verfasser der Tora *(„Fünf Bücher Mose", christlich deutsche Übersetzung: Altes Testament)* sein.

Der Prophet Mose *(Zwischen dem 10. und 6. Jahrhundert v. Chr.)* soll die Zehn Gebote auf dem Berg Sinai von Gott *(zwei Steintafeln)* empfangen haben.

Die Tora *(„Gesetz", Fünf Bücher Mose)* und rabbinische Schriften, die diese erläutern, sind die religiöse Grundlage des Judentums.

Als eigentlicher Begründer des Judentums gilt der Hohepriester Esra *(ca. 440 v. Chr.)*, der das israelische Volk aus Persien zurück nach Jerusalem führte und das Priestertum und den Tempeldienst neu ordnete.

Seitdem definiert sich das Judentum sowohl über den jüdischen Glauben als auch über seine ethnische Herkunft *(Juden, die sich mit nichtjüdischen Frauen verbunden hatten, mussten die Frauen und mit ihnen gezeugte Kinder verstoßen.)*. Das orthodoxe und konservative Judentum erkennt nur das Kind einer jüdischen Mutter als jüdisch an.

Die hebräische Bibel *(Tanach)* wurde von den Christen übernommen *(Altes Testament)* und legt mit den zehn Geboten Werte und ethische Normen der Menschen fest.

Im Judentum wurzeln die christliche und islamische Religion.

Die drei Religionen glauben an nur einen Gott, den Schöpfergott, der Himmel und Erde, Pflanzen, Tiere und die Menschen schuf.

Gott schuf auch das Licht, indem er den ersten Tag schuf mit Tag und Nacht *(1. Mose 1,3/1,4)*.

Gott *(Jahwe)* hat angeblich mit dem jüdischen Volk einen Bund geschlossen, es zum *„auserwählten Volk"* bestimmt und ein Gelobtes Land versprochen. Die Juden warten auf einen Messias, der ewigen Frieden in die Welt bringen soll.

Die Verehrung von Jesus Christus, als Gottes Sohn und Messias der Christen, lehnen Juden ab.

Während seiner gesamten Geschichte war das jüdische Volk verfolgt, im Exil und bedroht. Auch heute noch sind das jüdische Volk und seine Religion über die ganze Welt verstreut. In Israel haben die Juden ihren eigenen Staat gegründet.

Das bekannteste religiöse und politische Symbol der Juden ist der Davidstern *(hebräisch: Magen David, Schild Davids)*.

Ihre Gotteshäuser heißen Synagogen.

2. Das Christentum

Das Christentum war die einzige der Religionen, bei der Ernst bescheidene eigene Erfahrungen einbringen konnte. Als Kind hatte er mehr oder weniger lustlos den Religionsunterricht in der aus gelben Klinkern gemauerten, evangelischen Dorfkirche besucht, die etwas überdimensional über dem kleinen Dörfchen thronte und ihre Kirchturmspitze stolz über die alten Eichen reckte. Sie war nach dem Ersten Weltkrieg im Zuge des Aufbaus einer Nervenklinik entstanden und sollte sicher auch den vielen armen, geplagten Gestalten, die ihr, für außerhalb ihrer Köpfe Stehende, trostloses Dasein im großen Klinikkomplex fristeten, als Ort der Einkehr, der Besinnung, des Gebetes und der Zuflucht dienen.

Ernst erinnerte sich an die kalten hölzernen Kirchenbänke, das große, zentrale, eher beängstigende Kreuz mit dem gekreuzigten Jesus und die hohen farbigen Glasfenster, die den Raum in gleisendes, bunt zitterndes Licht tauchten, sobald die Sonne im Osten des Altarraumes auftauchte.

Schon damals nahm er das Lichtspiel als ein „*göttliches*" Zeichen war und suchte in jeder Kirche, die er betrat, stets zuerst das eindringende Licht. Besonders in Erinnerung blieben ihm dabei Notre Dame in Paris und der Kölner Dom. Er selbst hatte sich ein kleines Glasfenster, das er nach dem Abriss einer Dorfkirche auf einer Müllhalde fand, restaurieren lassen und versuchte im verglasten Giebel seines kleinen Holzhauses das durchdringende Licht mit den alten farbigen Glasscherben spielen zu lassen.

An den Inhalt des Religionsunterrichtes konnte er sich eher weniger erinnern. Der kommunistische Bürgermeister dachte sicher einen Beitrag zum Weltfrieden zu leisten, indem er öfter den Schlüssel zum Altarraum versteckte und versuchte den Unterricht zu verhindern. Ernst war sich sicher, dass dieser in lebensbedrohlichen Situationen trotzdem heimlich die Hände faltete und zum „*befeindeten*" Gott betete. Ernst selbst hatte auch seine Probleme mit dem Beten. Wenn alle mit geschlossenen Augen und gefalteten Händen ihr „*Vaterunser*" beteten, blinzelte er oft misstrauisch durch einen Augenspalt und versuchte das Szenario im Blick zu behalten. Sicher ist sicher.

Ernst erinnerte sich gern an die Weihnachtsabende im Schoße seines Elternhauses, die brennenden Kerzen auf der nach Wald duftenden, eigenhändig frisch geschlagenen Weihnachtsfichte, die sparsam mit Lametta und glänzenden Glaskugeln geschmückt war und unter der die bescheidenen, aber mit Liebe, meist selbst gefertigten, Geschenke für alle lagen. Er erinnerte sich an die Zeit mit seinen Eltern, seinem Bruder und seiner Großmutter, an die große Holzplatte mit der elektrischen Eisenbahn und die köstliche Weihnachtsgans mit Klößen und Rotkohl, an die Stollenbäckerei, an die Gerüche und den leise fallenden Schnee, die behagliche Wärme des holz- und kohlebefeuerten Kachelofens mit den duftenden Bratäpfeln...

Dass der Weihnachtstag auch der Geburtstag von Jesus Christus, dem Begründer der christlichen Religion sein sollte, war für ihn nur am Rande wichtig. Aufregend und gespenstisch fand er es als Kind schon, wenn sie manchmal am Weihnachtsabend durch den hohen Schnee zur Kirche stapften, von außen die Orgelklänge hörten und die durch Kerzen beleuchteten Kirchenfenster erblickten. Das Krippenspiel mit Maria und Josef im Stall, zusammen mit den Tieren, dem Jesuskindchen und den drei Königen, aufgebaut direkt unter dem Kreuz mit dem leidenden, dornengekrönten Christus, beeindruckte ihn nur kurz, bis sich die knarrende, riesige Kirchentür hinter ihm wieder schloss und er in Richtung Festtagsschmaus tollte.

Jesus wurde als Jude *(Jesus von Nazareth)* in Bethlehem geboren und soll der Sohn Gottes sein, der unter uns Menschen lebte. Die Christen glauben, dass er von Gott als Messias gesandt wurde, um die Menschen von ihren Sünden zu befreien.

Da er sich König der Juden nennen ließ erregte er den Zorn der hebräischen Schriftgelehrten und der damaligen römischen Besatzer von Israel, wurde zum Tode verurteilt und gekreuzigt.

Der christliche Glauben ist in der Bibel niedergeschrieben. Sie beinhaltet 2 Teile: Das Alte Testament *(hebräische Bibel der Juden)* und das Neue Testament *(Jesu Leben und Lehre, Verbreitung des Glaubens durch die Apostel)*.

Teil des Alten Testaments sind die zehn Gebote, die dem Propheten Mose auf dem Berg Sinai von Gott übergeben wurden:

Die Zehn Gebote *(christliche Fassung)*:

1. Gebot: Ich bin der Herr, dein Gott. Du sollst keine anderen Götter haben neben mir.

2. Gebot: Du sollst den Namen des Herrn, deines Gottes, nicht missbrauchen.

3. Gebot: Du sollst den Feiertag heiligen.

4. Gebot: Du sollst deinen Vater und deine Mutter ehren.

5. Gebot: Du sollst nicht töten.

6. Gebot: Du sollst nicht ehebrechen.

7. Gebot: Du sollst nicht stehlen.

8. Gebot: Du sollst nicht falsch Zeugnis reden wider deinen Nächsten.

9. Gebot: Du sollst nicht begehren deines Nächsten Haus.

10. Gebot: Du sollst nicht begehren deines Nächsten Weib, Knecht, Magd, Vieh noch alles, was dein Nächster hat.

Alternative:

2. Gebot: Du sollst dir kein Bildnis machen von deinem Gott.

> **Hinweis auf unterschiedliche Zählung:** Wenn das Bilderverbot als 2. Gebot aufgeführt wird, werden das 9. und 10. Gebot als ein Gebot verstanden.

Das Bilderverbot war für Ernst besonders interessant in Blickrichtung aktueller brutaler Übergriffe islamistischer Extremisten auf Zeichner und Verbreiter von Mohammed-Karikaturen, die sich auch auf dieses Gebot berufen.
Allah selbst wird im Islam nie in menschlicher Gestalt abgebildet.

Im Evangelium *(Lehre Jesu Christi)* wird eine „Frohe Botschaft" verkündet:

- Für und vor Gott sind alle gleich.
  (Gesunde und Kranke, Arme und Reiche, Starke und Schwache...).
- Wer an ihn glaubt, dem wird Gnade zuteil.
- Aufruf, die Liebe Gottes als Nächstenliebe weiterzugeben.

Der Kreuzigung von Jesus Christus wird im christlichen Glauben zu Ostern gedacht, mit der Kreuzigung am Oster-Freitag *(Karfreitag)* und seiner Auferstehung vom Tode am Oster-Sonntag. Im Kreuzestod nahm Jesus freiwillig alle Sünde und Schuld der Menschen auf sich. Durch seinen Tod und die Auferstehung wird allen Menschen Sündenvergebung, Errettung aus dem Tod und ewiges Leben versprochen.

Das bekannteste religiöse Symbol der Christen ist das Kreuz.

In Ernsts kleinem, bleiverglasten Kirchenfenster konnte man unter einem, als zarte Glasmalerei ausgefertigtem, dornenbekröntem Jesuskopf, der je nach Winkel des einfallenden Lichtes magische Gesichtsausdrücke und Farben annahm, in altdeutscher Schrift lesen:

„Ich bin die Auferstehung und das Leben!"

Für Ernst war das Osterfest in Kindertagen eher eine lustige Abwechslung, bei der er seine Versteckkünste für Ostereier in der reichlich vorhandenen Natur seines Dörfchens unter Beweis stellen und mit anderen Kindern teilen konnte. So wurden unbemerkt, spielerisch christliche Feiertage mit heidnischen Bräuchen durchmischt.

Als Ernst versuchte seinen Bezug zum christlichen Glauben zu rekapitulieren, erinnerte er sich auch an eine Theateraufführung der Tragödie von Friedrich Schiller *„Maria Stuart"*, die er als Schüler im Theater in Leipzig besucht hatte, in der die brutalen, intriganten Kämpfe der englischen Königshäuser, der Kampf von katholischem gegen protestantischen christlichen Glauben im England des 16. Jahrhunderts sehr plastisch dargestellt waren, einschließlich der Hinrichtung von Maria Stuart mit dem Beil.

> Die kämpferischen Auseinandersetzungen zwischen Katholiken und Protestanten sind bis heute nicht beigelegt, Ernst dachte an Trennmauern in Nordirland, mit denen man versuchte Stadtbezirke von andersgläubigen Menschen, sogar mitten durch eine Stadt (z.B. Belfast) abzugrenzen, die ihn fatal und traurig an die Berliner Mauer erinnerten.

Nicht einmal innerhalb des christlichen Glaubens ist es bis heute gelungen eine gemeinsame Handlungsstrategie, eine Versöhnung, zu finden.

Wie sollen dann die völlig unterschiedlichen Denkansätze anderer Glaubensrichtungen zu einer gemeinsamen Idee vereinigt werden?

3. Der Islam

Der Islam ist die zweitgrößte der Weltreligionen. Anhänger des Islam glauben wie Christen und Juden an nur einen Gott.

Das bedeutendste religiöse und politische Symbol der Muslimen ist die Mondsichel, oft kombiniert mit einem Stern *(fünfzackig)*.

Der Islam wurde im 7. Jahrhundert n. Chr. in Arabien durch den Mekkaner Mohammed *(Muhammad)* begründet. Die Muslime achten die Bibel der Christen und Juden *(Altes Testament)* als Offenbarung Gottes, des Schöpfergottes. Ihre heilige Schrift ist der Koran, in dem die Glaubenswahrheiten und Gebote gesammelt sind, die Mohammed den Menschen von Allah *(Übermittlung durch den Erzengel Gabriel)* überbrachte. Mohammed wird als der letzte Prophet angesehen den Gott den Menschen sandte. Mohammed unterschied klar zwischen den von Allah erteilten Weisungen, die im Koran niedergeschrieben sind *(6235 Verse, arabisch)* und den von ihm erlassenen Gesetzen, die erst Jahre nach seinem Tod in Schriftform *(Hedithen: Sammlung von Aussprüchen und Handlungen)* niedergeschrieben wurden.

Gott *(arab. Allah)* kann nach ihrem Glauben keinen Sohn haben, deshalb lehnen sie die Anbetung von Gottes Sohn, die Anbetung von Jesus Christus, als gottgesandten Messias, den christlichen Glauben, ab.

Auch Muslime glauben an die Auferstehung der Toten am Jüngsten Tag. Nach dem Strafgericht Allahs entscheidet sich, ob sie Zutritt zum Paradies erhalten oder in die Verdammnis der Hölle geschickt werden. Die Sunna schreibt den Muslimen genau vor, wie sie leben sollten *(ähnlich wie der Talmud den Juden)*.

In der Scharia wurde die Gesamtheit der Normen und vorgeschriebenen Handlungsweisen für Muslime niedergeschrieben.

Die fünf Säulen des Islam:

1. Bekenntnis, dass es keinen Gott gibt außer Allah und dass Mohammed der Gesandte Gottes ist
2. Verrichtung des Pflichtgebets
3. Leistung einer Armenabgabe
4. Fasten im Ramadan
5. Pilgerfahrt zum Haus Allahs in Mekka *(Kaaba)*, wenn du in der Lage bist.

Muslime sollen fünfmal täglich zu Allah beten und am Freitag gemeinsam

(Eigentlich hatte Allah angeblich 50 tägliche Gebete gefordert, ließ sich aber herunterhandeln!).

Als Ernst ein Bild betrachtete, auf dem hunderttausende Muslime wie in Trance um das zentrale Haus Allahs *(Kaaba)* in Mekka kreisten, wie ein Bienenschwarm um seine Königin, sah er Ähnlichkeiten zum Orbit-Modell seiner Orbitaltheorie, mit einem Lebensraum in Würfelform *(Quadrat)* in der Mitte und Kreisbahnen im Lebens- und Seelenraum um ihn herum und freute sich.

Die Kaaba in Mekka, soll vom biblischen Stammvater *(aller drei Religionen)* Abraham *(19. Jh. v. Chr.)* und seinem Sohn Ismael, um einen in Urzeiten vom Himmel gefallenen Meteoriten *(„Heiliger Stein", „Schwarzer Stein")* herum, erbaut worden sein. Dadurch wurde Mekka zunächst zum vielbesuchten Pilgerort für Juden, Christen, aber auch Menschen, die an viele Götter glaubten.

Die Einstellung von Muslimen zur Gewalt gegen *„Andersgläubige"* steht auch aktuell auf dem Prüfstand. Ernst konnte nur recherchieren:

Mohammed, als selbsternannter Prophet Allahs, dem für Muslime *„Einzigen Gott"*, wollte der Vielgötterei ein Ende bereiten und führte 74 Kriege. Die Rechtfertigung, gegen das Gewaltverbot von Allah zu verstoßen, sah er gegeben, wenn das eigene Überleben in Gefahr ist. Seine Äußerung

„Das Schwert ist der Schlüssel zum Himmel und zur Hölle" zeigt, dass er die Gefahr dieser Auslegung durchaus erkannte. Im Koran existieren widersprüchliche Textpassagen. Im Jahr 630 zog Mohammed in Mekka ein, entfernte alle *„Götzenbilder"* und Statuen der anderen Götter aus der Kaaba und erklärte Mekka zur *„Heiligen Stadt"* des Islam.

Der Dauerkrieg zwischen den arabischen Stämmen endete erst, als diese ihrem anderen Glauben abgeschworen und den Glauben des Islam angenommen hatten.

Wenn Mohammed vom „Heiligen Krieg" sprach unterschied er zwischen dem „Kleinen Heiligen Krieg" auf den Schlachtfeldern gegen Andersgläubige *(Dschihad)* und dem „Großen Heiligen Krieg" *(Mudschahada)*, dem geistigen Kampf jedes einzelnen Muslims gegen persönliches Abweichen vom Glauben des Islam, der den Zugang zum Paradies verspricht.

Extrem radikale Muslime haben aktuell den Dschihad ausgerufen und versuchen mit Kriegen und Terroranschlägen Andersgläubige von ihrem Weg zu überzeugen.

Ernst dachte traurig auch an die vielen Kriege, in denen die Waffen der Christen mit Gottes Segen geheiligt wurden.

Müssen „Andersgläubige" immer von ihrem eigenen Glauben abgebracht oder getötet werden?

Dieser gordische Knoten muss zerschlagen werden auf dem Weg in eine „Neue Welt"!

Ernst wollte rekapitulieren:

- In unserem Kulturkreis existieren drei „Weltreligionen", das Judentum, das Christentum und der Islam.
- Sie wurzeln alle in einer gemeinsamen Grundidee von einem Gott, der alles schuf, auch das Licht.
- Inhalte des Alten Testaments *(Urtext hebräisch)* sind Bestandteil aller drei Religionen.
- Judentum und Islam bestehen darauf, dass Gott keinen Sohn haben kann und lehnen das Christentum ab.
- Jede der Religionen hat ihre Propheten, die ähnliche Leidensgeschichten erzählen *(z.B. Kontakt zu Gott, Traumreisen, Eingebungen, Prüfungen, Verfolgung...)* und die anfänglich von ihren Mitmenschen verspottet, verfolgt und bedroht wurden.
- Die Religionen entwickelten Lebens-Vorschriften für die Gläubigen: z.B.: Sunna *(Islam)*, Talmud *(Juden)*, die unterschiedliche Verhaltens-, Ess- und Bete-Gepflogenheiten vorschreiben.

Jede der drei Religionen trägt ihre „Geschichte" glaubwürdig und stolz vor und ist nicht gewillt, sich auf eine gemeinsame Religion zu einigen, obwohl fundamentale gemeinsame Wurzeln nicht geleugnet werden. Die zeitliche Zuordnung ist relativ klar: Die älteste Religion ist das Judentum. Danach entstanden das Christentum und ca. 600 Jahre später der Islam. Geografisch spielten sich die Ereignisse in der Region des Nahen Ostens *(heutiges Ägypten, Israel, Jordanien und Syrien)* ab. Besonders auf dem Gebiet von Jerusalem liegen Wurzeln und Kultstätten aller drei Weltreligionen, die immer Konfliktpotenziale darstellen. Bisher konnte keine Lösung des Konfliktes angeboten werden, die von allen drei Religionen anerkannt wird.

In Jerusalem vermischen sich viele Kulturen und Heiligtümer der unterschiedlichen Religionen überdecken die Ruinen alter Zeiten.

Es ist eine heilige Stadt für Juden, Christen und Muslime.

Das Licht sehen alle drei Religionen als von Gott geschaffenes Element an z.B. *Schöpfungsgeschichte der Bibel (1. Mose 1,3):*

Gott sprach: „Es werde Licht! Und es ward Licht."

Ernst hatte einen Vorschlag:

Lasst uns in Jerusalem einen gemeinsamen Tempel des Lichts bauen, als ein Zeichen der Versöhnung und des Neuanfanges aller drei Religionen.

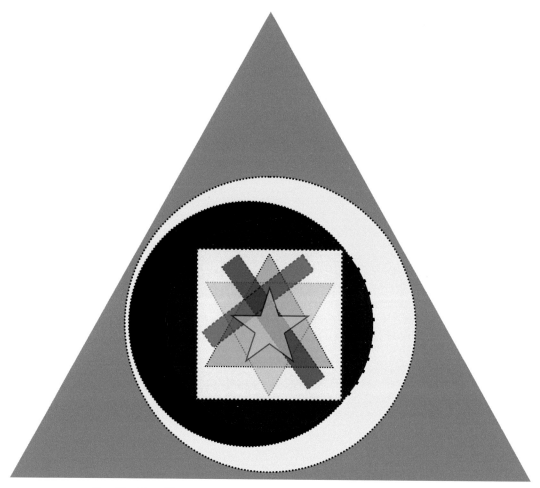

Grafik: **Versöhnung von Judentum, Christentum und Islam**

Ernst vereinigte die religiösen Symbole Davidstern, Kreuz und Mondsichel mit Stern in einer Grafik und präsentierte sie in einem Lebensorbital seiner „*Orbitaltheorie*" als Zeichen der Zusammengehörigkeit und Einigkeit.

Architekten aller drei Religionen sollten mit Freude einen Bauplan für den Tempel des Lichts gemeinsam entwerfen!

Ernst selbst brauchte dazu nur Sekunden. Mit schneller Hand zeichnete er eine gläserne Pyramide, die hoch zum Himmel strebte, hin zum Licht. Sie soll den alten Mauern von Synagogen, Kirchen und Moscheen ein neues Dach, ein Dach des Lichts, geben und gleichzeitig die Fragilität und Stabilität des neuen Bundes bezeugen.

Alle drei Weltreligionen haben ihre Wurzeln in der Zeit der Pharaonen. Vor ca. 3000 Jahren zog Mose mit seinem Volk durch die Wüste Ägyptens ins geheiligte Land und Gott übergab ihm die Zehn Gebote. Kernpunkte des Alten Testaments werden von Juden, Christen und Muslimen anerkannt.

Als Ernst den Fernsehfilm „Gott" *(Buch: Ferdinand von Schirach, Thema: Die Selbstbestimmung des Menschen bei seinem Suizid)* verfolgte, wurde ihm erneut klar, wie widersprüchlich, aber auch gleichzeitig verständlich, Standpunkte, unterschiedliche Meinungen zu einer konkreten Fragestellung sein können, wenn sie aus der Sicht der unterschiedlichen am Streit beteiligten Parteien mit ihren Argumenten vorgetragen werden. Ernst selbst merkte, wie er während der Diskussion mehrmals in Gedanken seine Meinung wechselte. Da half ihm auch Kants *(Immanuel Kant: 1724-1804, Deutscher Philosoph der Aufklärung)* aufklärerischer Aufruf zur Vernunft wenig.

In Deutschland hat das Bundesverfassungsgericht geurteilt, dass prinzipiell jeder Bürger

(ab 2020) Anspruch auf medizinische Hilfe beim Suizid hat.

Damit stellt das Gericht das Recht auf Selbstbestimmung über sein Leben über die christliche Einstellung: „Das Leben wurde von Gott gegeben und darf deshalb auch nur von Gott beendet werden".

In dem Film geht es um die Frage „Wer bestimmt den Tod eines Menschen", wer bestimmt über das kostbarste eines Menschen, sein Leben.

Zunächst diskutiert ein fiktionaler Ethikrat über das **Problem**:

Ein 78-jähriger gesunder Mann möchte sein Leben mittels eines Medikamentes mit Hilfe seiner Ärztin beenden, da er nach dem Tod seiner Frau keinen Sinn im Weiterleben sieht.

Für und Wider diskutieren:

Der Suizid-Kandidat, seine Ärztin, eine Mitarbeiterin und die Vorsitzende des Ethikrates, ein Bischof, ein Medizinischer Sach-verständiger.

Der Zuschauer verfolgt die Diskussion und kann die Argumente für sich selbst werten und gewichten.

Die online-Abstimmung der Fernsehzuschauer ergab eine deutliche (ca. 70%) Zustimmung zur Selbstbestimmung jedes einzelnen Menschen über sein Leben.

Ernst wusste danach, wie heterogen auch die Meinungen anderer Menschen zur Publikation seiner Überlegungen ausfallen würden und hoffte, dass es wenigstens zu einem Austausch der unterschiedlichen Standpunkte und damit zum Nachdenken kommen würde.

4. Hinduismus

Der Hinduismus ist die älteste der Weltreligionen, entstand vor ca. 4000 Jahren in Indien und hat zurzeit fast eine Mrd. Anhänger.

Für Außenstehende ist die Religion verwirrend und geheimnisvoll, da es sehr viele Götter gibt und außerdem bestimmte Pflanzen und Tiere heilig sind. Sie entstand durch Vermischung des Glaubens der Urbevölkerung an eine beseelte Natur mit dem Glauben an kriegerische Götter, der von einem aus Zentralasien eingewandertem Nomadenvolk *(Arier)* eingebracht wurde. Die Lehren und Gebote der Religion sind in den Heiligen Schriften *(Veda)* enthalten, die in einer Vielzahl von Geschichten über die Götterwelt niedergeschrieben sind.

Im hinduistischen Glauben existieren z.B. vom Gott Vishnu *(dem „Erhalter")* mehrere weltliche Erscheinungen. Dieser Gott hat während der Weltgeschichte die Erde mehrmals in Gestalt von „Avataren" besucht. „Krishna" gefiel Ernst unter den Gestalten besonders gut, da er ein witziger und einfallsreicher, wohlgestalteter junger Mann war. So stahl Krishna z.B. einer Frau die Butter aus der Küche *(„Butterdieb")* oder versteckte den im Fluss badenden Mädchen ihre Kleidungsstücke damit sie nackt vor ihm aus dem Wasser steigen mussten.

Was für eine lustige, lebensnahe Geschichte! Dem Gott der Christen traute Ernst so etwas eher nicht zu. Vom Bilderverbot halten die Hindus ebenfalls nichts und schmücken ihre Bücher mit lustigen, auch erotischen, Bildchen ihrer Götter bzw. derer Inkarnationen aus.

Vishnu kam noch in acht anderen Gestalten auf die Erde *(z.B. als Fisch und Schildkröte, Riesen-Eber und Zwerg, in Menschengestalt als „Rama mit der Axt und „Rama mit dem Bogen")*. Er versuchte immer dem Guten zum Sieg zu verhelfen im Kampf gegen böse Dämonen. Dabei ist sein Ziel die Befreiung der Seele von allen menschlichen Begierden *(z.B. Zorn, Neid, Geiz, Angst, Selbstsucht, Egoismus)*.

Inkarnation ist ein Bestandteil des Hinduismus. Dabei muss die Seele eines Verstorbenen solange im Körper eines anderen Wesens wiedergeboren werden, bis sie ihre Lebensaufgabe erfüllt hat.

Der Lebensauftrag hängt davon ab in welchen Stand oder welche Kaste ein Mensch hineingeboren wird. Hindus glauben an vier Kasten:

1. Priester und Gelehrte, 2. Krieger und Fürsten, 3. Händler und Bauern und 4. Handwerker und Pachtbauern. Unter diesen stehen noch „Kastenlose" (z.B. Landarbeiter, Totengräber).

Wenn die Lebensaufgaben gut erfüllt wurden, geht beim Tod die Seele in einen Menschen der höheren Kaste über.

Ziel ist es, dass die Seele (Atman) am Ende ihrer Wiedergeburten in die „ewige Weltseele" (Brahman) ein- und in ihr aufgeht. Dadurch wird sie aus dem Kreislauf Geburt, Tod und Wiedergeburt befreit (Erlösung in anderen Religionen). Das „Von allem losgelöst sein" wird als Nirwana bezeichnet.

Am Ende jedes Lebens erhält jeder eine Bewertung seiner Taten, ein Zeugnis (Karma). Wer nicht nach seiner Bestimmung gelebt hat bekommt nach seinem Tod die Chance es im nächsten Leben besser zu machen.

Je besser das Karma ausfällt, desto weniger Wiedergeburten muss der Mensch erleben.

Hindus glauben, dass die letzte Inkarnation von Vishnu in Menschengestalt Buddha war. Er wurde vor 2500 Jahren als Fürstensohn in Indien geboren und wurde zum „Erleuchteten", weil er zu der Erkenntnis kam, dass und wie sich der Mensch bereits zu Lebzeiten von Schuld und Leid befreien kann. Dadurch spaltete sich eine neue Religion, der **„Buddhismus"**, vom Hinduismus ab.

Seit dem Tod von Buddha gab es keine weitere Inkarnation von Vishnu. Die Hindus glauben, wenn er letztmalig wiederkehrt, kommt er als Reiter (Kalkin) mit flammendem Schwert und wird die Welt vernichten, um sie neu und besser zu ordnen, das Böse vernichten und eine endgültige Welt errichten.

Im Hinduismus gibt es tausende Götter außer Vishnu (den „Erhalter"), z.B.: Brahma (den „Schöpfer") und Shiva (den „Zerstörer") und jeder der Götter hat unterschiedliche Gestalten (Inkarnationen), unterschiedliche Namen und wurde mit eindrucksvollen, märchenhaften Geschichten geschmückt.

Ernst hatte schon lange den Überblick verloren, staunte über die Fantasie der alten Hindus und über die Geisteskraft der Inder, sich in dieser Götterwelt zurechtzufinden. Er freute sich an jedem Bildchen mit Lotosblüten, Fabelwäldern, Milchozeanen, Affen, Schlangen, Tauben, Schwänen, Kühen, Elefanten ... und schönen, erotischen Menschen. Respekt ihr Märchenerzähler!!

Ernst wurde ungeduldig, er war nicht angetreten die unendlichen Inhalte von Religionslehren aufzuarbeiten! Er recherchierte weiter.

Er suchte noch nach der Entstehung und der besonderen Rolle des Lichts in der hinduistischen Religion. Bei Inkas, Pharaonen, Juden, Christen und Muslimen war er leicht fündig geworden.

Was meinen die Hindus, wie ist ihre Schöpfungsgeschichte?

Sie stellen die Frage nach Anfang und Ende nicht!

Sie sehen das Universum in endlosen Zyklen *(Kalpa)* des Entstehens und der Vernichtung.

Der Hauptgott Brahma, der Gott der Lotosblüte, ist verantwortlich für das Schöpfungsprinzip, Vishnu für die Erhaltung und Shiva für die Zerstörung. Ein Schöpfungszyklus umfasst bei den Hindus mehrere *„Trillionen Jahre"*.

Ja, dachte Ernst, die Wissenschaftler haben für den Zerfall der Protonen unseres Universums 10^{36} Jahre berechnet.

Danach versinken die erschaffenen Welten zusammen mit dem Schöpfergott im höchsten kosmischen Geist, der Weltseele *(Brahman)*.

Ernst las interessiert: Der Braham soll die anfanglose und ewige Seele des Universums sein, ein unerschöpfliches, allwissendes, allmächtiges, allgegenwärtiges Wesen, das kein Davor und kein Danach kennt, das immer da war und immer da sein wird.

Das könnte der Zustand der Singularität sein, dachte Ernst, Materie, Raum und Zeit existieren hier nicht. Aus der Singularität startet wieder ein neuer Lebenszyklus.

Insgesamt entsprach der zyklische Schöpfungs- und Zerstörungsmythos des Hinduismus erstaunlich Ernsts *„Orbitaltheorie"* vom ewigen Zyklus von Fusions- und Spaltungsreaktionen.

Vielleicht wurde der erste Zyklus doch von einer anderen *„Energie"* angestoßen? Die Frage wird für uns Menschen sicher für immer unbeantwortet bleiben.

Die Beantwortung der Frage, ob Licht für Hindus etwas Besonderes darstellt, bedarf allerdings keiner Recherche von Schöpfungsmythen.

Licht ist für alle Menschen die Voraussetzung für unsere Daseinsform.

Ohne Licht können wir nicht existieren. Dass auch Licht und Dunkelheit in Kreisläufen wechselt war in Ernsts Orbit-Modell immer enthalten.

Im Hinduismus können in allen Teilen der Natur *(z.B. Tiere, Pflanzen, Flüsse, Berge, Wolken)* göttliche Wesen leben.

Obwohl es genaue Verhaltensvorschriften, wie z.B. bei den Christen die Zehn Gebote, für die gläubigen Hindus nicht gibt sind in ihren Lehren Regeln enthalten an die sie sich halten sollen. Die Götter sind nicht für die Erlösung der Seelen der Menschen verantwortlich, dafür muss jeder selbst sorgen. Die drei Hauptgötter Brahma, Vishnu und Shiva haben alle Gattinnen.

Parvati, die Frau von Shiva, dem Gott der Zerstörung, existiert in vielen unterschiedlichen Erscheinungen. Ein Name ist Shakti, die weibliche Urkraft des Universums. Wenn Shiva, der Gott der Zerstörung, manchmal als Doppelwesen *(Mann und Frau)* auftritt, heißt die weibliche Hälfte ebenfalls Shakti.

Aus den Legenden um Shakti entstand eine eigene Richtung des Hinduismus, der ***Tantrismus***. Hierin werden für das Verschmelzen mit der Weltseele *(Braham)* oft Symbole der geschlechtlichen Liebe zwischen Mann und Frau verwendet.

Anhänger des Tantra sehen das Aufgehen im Braham als eine Verschmelzung von sich körperlich Liebenden.

Als Ernst das las, lächelte er und wurde sofort zum Tantrismus-Anhänger.

Die Sex-Szene ähnelte der Vereinigung eines weiblichen mit einem männlichen Universum vor der Erreichung des Singularitäts-Zustandes in seiner „*Orbitaltheorie P21*".
Endlich Menschen, die die Sexualität nicht aus den Betrachtungen von kosmischen Prozessen ausklammern!
Und das bereits vor 4000 Jahren, Ernst dachte an prüde Astrophysiker vor ihren Hightech-Rechnern.
Er beschloss noch etwas zu recherchieren:

Shiva und Parvati sind Eltern von zwei Söhnen: Ganesha, der Lieblingssohn der Inder, hat der Körper eines Menschen und den Kopf eines Elefanten.

Der Fluss Ganges ist für Hindus heilig und symbolisiert die Göttin Ganga. Durch ein Bad im Ganges kann ein Hindu das schlechte Karma von vergangenen Leben abwaschen und so die Anzahl seiner Wiedergeburten reduzieren.

Der Hindu, der in der heiligen Stadt Benares stirbt und seine Asche in den Ganges streuen lässt, kann dem Kreislauf der Wiedergeburten entkommen und damit sein Lebensziel erreichen.

Der Hinduismus kennt auch göttliche Pflanzen und Tiere. Die bekannteste Gottheit der Tiere ist die „Heilige Kuh". In ihr haben viele Götter ihren Sitz, sie wird verehrt und darf nicht getötet werden.

Die heiligste Pflanze ist der Pipalbaum, eine Ficus-Art (Pappelfeige).

Ernst las:

Die Bedingungen für das Eingehen der Seele ins Nirwana sind, dass man die gültigen Gesetze (ewiges Gesetz, Sanatana Dharma) eingehalten hat und ohne Schaden für andere gelebt hat.

Das beinhaltet, dass man z.B. nicht lügen und nicht stehlen soll, nicht im Neid zu anderen Menschen leben soll, einem anderen Menschen nicht die Frau bzw. den Mann wegnehmen soll oder über andere nicht schlecht reden soll. Das höchste Gebot ist die Gewaltlosigkeit.

> Die absolute Gewaltlosigkeit wird allerdings im Hinduismus dadurch aufgehoben, dass jede Seele ihren eigenen Auftrag hat. Auftrag eines Kriegers ist z.B. Gewalt anzuwenden oder zu töten. Ein Krieg, der zur Bewahrung der gültigen Ordnung dient, gilt als gerechter Krieg.

Die Pflichten einer Seele unterscheiden sich je nach Zugehörigkeit des Menschen zu einer der Kasten.

Unglaublich diese Übereinstimmung der hinduistischen „Gesetze" mit den Zehn Geboten des Alten Testaments, dachte Ernst, und das ohne moderne Verkehrsmittel zwischen Vorderasien und Indien, ohne Internet und Handys! Auch viele Gleichnisse und Geschichten beider geografisch weit entfernter Kulturkreise ähneln sich offensichtlich teilweise bis ins Detail.

Dabei scheint die Fantasie der Hindus in ihrer Durchmischung der Fabelwelten, Menschen, Tier- und Pflanzen-Inkarnationen grenzenlos zu sein, musste selbst der fantasiegesegnete Ernst neidvoll anerkennen.

Beim Endziel des Lebens unterscheiden sich die Religionen allerdings stark. Während Juden, Christen und Muslime auf ein ewiges Leben nach dem Tod durch einen Erlöser hoffen, denken die Hindus durch ihr eigenes Verhalten während Lebzeiten dem ewigen Kreislauf der Wiedergeburt zu entkommen und ins Nirwana, einem Zustand der „Ewigen Ruhe", einzugehen.

Hindus zeichnen sich durch eine Toleranz gegenüber dem Glauben anderer aus, jeder Hindu kann sich seinen eigenen Gott unter den vielen Göttern selbst wählen. Missionierung gehört nicht zu ihrer Zielstellung.

Als Hindu kann man nur geboren werden, weil bei jeder Geburt die Wiedergeburt einer Seele erfolgt. Damit ist auch nicht ausgeschlossen, dass in einem Andersgläubigen die Seele eines Hindus steckt.

Yoga, eine weltweit verbreitete Lehre zur Entspannung und Körperbeherrschung, stammt aus dem Hinduismus. Die Hindus versuchen dabei sich von allen äußeren Einflüssen zu trennen und nur noch Geist und Seele zu sein. Die Übungen sind uralt und sollen dem Anwender neue Bewusstseinsformen eröffnen. Auf der höchsten Stufe fühlt er sich eins mit dem Kosmos.

Eines der größten und beliebtesten Feste der Hindus ist das „Lichterfest" am Tag des Neumondes im Oktober/November (indischer Neujahrstag). In den Straßen hängen bunte Lampions und Feuerwerke werden gezündet.

Hindus sollen dreimal täglich beten, bei Sonnenaufgang, mittags und bei Sonnenuntergang zu Hause oder in einem Tempel. Viele haben zu Hause einen Schrein mit ihren Lieblingsgöttern.

Die Gebete der Hindus werden Mantra genannt, Das Gebet beginnt mit der heiligen Silbe Om (oder Aum, ॐ), die in ihrem Klang sofort die Verbindung des Menschen mit dem Kosmos herstellen soll.

Die Mantras sind auch wichtige Atemübungen im Yoga.

Auch Kinder in europäischen Kindergärten malen unterdessen Mandalas aus, um zu entspannen und zur Ruhe zu kommen. Mandalas waren uralte mystische Diagramme, in denen Quadrate und Kreise angeordnet und verbunden waren. Sie dienten zur Meditation und sollen Symbole für den gesamten Kosmos und die Götterwelt sein.

Als Ernst das las freute er sich, denn er hatte in seinem Orbit-Modell und im Orbit in Orbit-Modell ebenfalls Kreise und Quadrate (bzw. Würfel und Kugeln, „Orbitaltheorie P21") als Grundelemente verwendet.

Bei dem Versuch, den Hinduismus einigermaßen glaubwürdig darzustellen, fiel Ernst besonders auf, wie „unscharf" seine Gedanken bleiben mussten, bei der überwältigenden Übermacht der tausenden feinsinnigen, verflochtenen, geheimnisvollen und märchenhaften Geschichten, die in unzähligen malerisch illustrierten Publikationen dargestellt wurden.

Dass ausgerechnet die älteste der Religionen so viele Übereinstimmungen mit seiner in mühevollen Grübeleien schlafloser Nächte ersonnenen *„Orbitaltheorie"*, besonders in Zusammenhang mit kosmischen Ereignissen, erbringen könnte, hatte er am Anfang seiner *„Religions-Recherche"* nicht erwartet.

Respekt und Dank, ihr alten Inder!

FICTION FOTOGRAFIE *(Ernst, 2020)*: **„Himmel"**

5. Der Buddhismus

Der Buddhismus entstand vor 2500 Jahren aus dem Hinduismus und ist eine der friedlichsten Religionen. Der Hinduismus sieht Buddha als letzte Inkarnation von Vishnu.

Siddharta Gautamas *(später Buddha)* wurde als reicher hinduistischer Prinz im heutigen Nepal *(um 500 v. Chr.)* geboren. Er war ein realer Mensch, kein Gott und verstarb im Alter von 80 Jahren.

Nach seiner Erleuchtung entdeckte er den Ausweg aus dem ewigen Kreislauf der Wiedergeburten und zur Zufriedenheit im Leben der Menschen.

Nach seiner Lehre muss sich der Mensch von allen irdischen Dingen und Begierden befreien *(z.B. dem Streben nach ewiger Jugend und Gesundheit, nach Lust, Geld und Macht)*.

Buddhisten sind tolerant gegenüber Andersgläubigen, ihr oberstes Gebot ist die Gewaltlosigkeit.

Das im Hinduismus entstandene Kastenwesen lehnte Buddha ab.

Für ihn waren alle Menschen gleich.

Durch Riten des Buddhismus, wie Yoga und Meditation, soll sich jeder Mensch von Leid befreien und zur Erleuchtung gelangen können.

Über die Zeugungsgeschichte von Siddharta *(später Buddha)* wird erzählt, dass seine Mutter in der Zeugungsnacht auf einer Wolke in ein prachtvolles Haus im Himmel flog, wo ein weißer Elefant *„in ihre Hüfte eindrang"*, also sich mit ihr paarte, dachte Ernst, in Gedanken bei der unbefleckten Empfängnis von Maria in der christlichen Zeugungsgeschichte und der Begattung von Leda durch den Göttervater Zeus in Gestalt eines Schwans *(griechische Mythologie)*.

Seine Kindheit und Jugend verbrachte Siddharta achtsam abgeschirmt vom äußeren, normalen Leben im Palast seines Vaters. Seine Schlüsselerlebnisse hatte er beim Anpflügen und bei vier Ausfahrten aus dem beschützten Palast in die umliegende Gegend. Beim Beobachten der bäuerlichen Feldarbeit wurde ihm bewusst, dass während des Lebens laufend Lebewesen getötet werden und anderen zur Beute dienen *(z.B. Würmer, Insekten, Vögel, Raubvögel)*.

Während der Ausfahrten kam er in Berührung mit Alter, Krankheit, Schmerz und dem Tod. Seine Erlebnisse sollen ihn zur Wahrheit des Leidens erweckt haben, das allem Leben zugrunde liegt: *„Alles Leben ist leiden"*.

Als Hindu glaubte er, dass die Seele nach dem Tod in einem anderen Wesen wiedergeboren wird und damit der Kreislauf *(das Leiden)* von vorn beginnt.

Ab diesem Zeitpunkt beschäftigte Siddharta sich mit der Frage, wie man diesem Kreislauf entkommen könne.

Er trennte sich vom Luxus des Hoflebens, sogar von seiner Familie *(Frau und Kind)* und begab sich auf eine Reise in die Welt, um den Sinn des Lebens und einen Ausweg aus dem Leiden zu suchen. Er legte seine kostbaren Kleider ab, schnitt sich die Haare *(Aufgabe seiner königlichen Würde)*. Ab diesem Zeitpunkt nannte er sich nur noch Gautama und suchte hinduistische Priester auf, um die Stufen der Meditation zu erlernen. Er kam allerding zu keinem für ihn befriedigenden Ergebnis, da ihn, wenn er aus seiner Versenkung in der Meditation erwachte, eine noch stärkere Unruhe und Trauer über das irdische Leiden erfasste. Deshalb schloss er sich fünf Wanderasketen an und setzte sich sechs Jahre lang der absoluten Bedürfnislosigkeit aus. Am Schluss war er zum Gerippe abgemagert und nahe am Tod, seinem Ziel aber noch nicht nähergekommen. Dadurch erkannte er, dass beide extremen Wege, das Leben in Luxus und die todesnahe Askese, nicht der Weg sein können. Es musste einen mittleren Weg geben.

Danach suchte Gautama einen alten Feigenbaum (Bodhi-Baum) auf, setzte sich darunter und begann Yoga-Übungen *(gekreuzte Beine, Hände in den Schoß, Gesicht nach Osten, wo die Sonne aufging)*. In tiefer Meditation verharrte er vier Wochen unter dem Baum, widerstand allen Angeboten des Dämons Mara. Dabei taten sich für ihn Himmel und Erde auf, er sah die Bewegung der Planeten und berührte Sonne und Mond und durchschaute den ewigen Kreislauf von Wiedergeburten, Geburt und Tod. Durch diese Erleuchtung wurde Gautama zu Buddha, dem *„Erwachten"*. Buddha verließ seinen Platz unter dem Baum, kehrte aus seiner Meditation zurück in die irdische Welt und begann das *„Rad seiner Lehre"* zu drehen.

Das Rad der Lehre ✵ ist ein wichtiges Symbol des Buddhismus. Es stellt ein Rad mit acht Speichen dar, die den *„Achtfachen Pfad"* symbolisieren, im ewigen Kreislauf des Lebens und aus ihm heraus.

Die fünf Asketen wurden Buddhas erste Jünger und verbreiteten seine Lehre *(Die vier edlen Wahrheiten und den Achtfachen Pfad)*.

Das Ziel der Meditation, in einen Zustand ohne jede Wahrnehmung überzugehen, konnte Ernst durchaus nachvollziehen und verglich diesen mit der von ihm für die Singularität definierten *„Sinnfreiheit"* *(„Orbitaltheorie P21")*.

Dass dieser Zustand für einen Menschen erreichbar sein könnte, konnte er sich gut vorstellen, da dies ja auch während eines Orgasmus möglich ist.

Nach längerer Überlegung entschloss sich Ernst die Thesen des „*Achtfachen Pfades*" zu zitieren. Sie stimmen mit den Zehn Geboten des Alten Testaments in vielen Punkten überein:

Der Achtfache Pfad *(Buddhismus)*
- **Rechte Erkenntnis:**
  Der Glaube an Buddhas Lehre
- **Rechtes Denken:**
  Ein Leben ohne ständige Wünsche,
  Allein in Liebe zu und Rücksicht auf die Mitmenschen
- **Rechtes Reden:**
  Nicht lügen, nicht schlecht über andere sprechen und keine Zwietracht säen
- **Rechtes Handeln:**
  Nicht töten, Nicht stehlen, Nichts nehmen, was einem ein anderer nicht freiwillig gibt
- **Rechtes Leben:**
  Nichts tun, was einem anderen Wesen, auch einem Tier, Leid bringt, und niemals Gewalt ausüben!
- **Rechtes Streben**
- **Rechte Achtsamkeit**
- **Rechtes sich Versenken**
  Sind Wege zur richtigen Meditation:
  Nichts schlechtes Denken
  Den Geist auf einen Punkt konzentrieren
  So in einen Zustand ohne jede Wahrnehmung übergehen

Alle Buddhisten sollen sich an „Silas" *(Regeln)* halten, die die Kernpunkte der ethischen Lehre Buddhas sind. Für normale Gläubige gelten fünf Silas, für Mönche wesentlich mehr *(ca. 240)*.

1. Buddhisten sollen kein Lebewesen töten.
   Buddhisten sollen keinen Beruf ergreifen, in dem sie einem anderen Wesen Leiden zufügen *(z.B. Metzger, Jäger, Fischer)*. Viele Buddhisten sind Vegetarier. Ein grundsätzliches Verbot Fleisch zu essen existiert nicht.
2. Buddhisten sollen nicht stehlen und nichts an sich nehmen, was ihnen nicht freiwillig gegeben wird.
3. Buddhisten sollen sich von der Lust der Sinne nicht zu unsittlichem Lebenswandel hinreißen lassen. Sie sollen keinen Ehebruch begehen.
4. Buddhisten sollen nicht lügen.
5. Buddhisten sollen keine berauschenden Mittel, auch keinen Alkohol, zu sich nehmen.

Wer gegen die Regeln verstößt, muss mit keinen Strafen rechnen. Er ist einfach noch nicht reif für den Weg zur Erleuchtung.

Ernst entschloss sich, zusätzlich zu den fünf Weltreligionen, einige Religionen in seine *„Materialsammlung"* einzubeziehen.

6. Konfuzianismus

In der chinesischen Volksreligion wird eine Mischung von Elementen des Daoismus, Konfuzianismus und Buddhismus gelehrt.

Der große chinesische Weise Konfuzius *(Kong Fuzi)* wurde 552 v. Chr. an der Nordostküste Chinas geboren. Er hatte in der Kleinstadt Lu niedere Ämter inne und widmete sich mit zunehmendem Alter der moralischen Lehre. Nach seinem Tod *(479 v.Chr.)* wurde seine Lehre in ganz Ostasien verbreitet.

Grundwerte seiner Lehre sind Harmonie, Bildung und Respekt vor den Ahnen. Er erarbeitete praktische Richtlinien für das Handeln im privaten und öffentlichen Leben. Seine Schüler unterwies er mit den *"Fünf Klassikern"*

(Die Autorenschaft von Konfuzius für alle Werke ist nicht gesichert):

1. Das Buch der Wandlungen: *Die Metaphysik des Kosmos und das Verhältnis des Menschen zum Universum*
2. Das Buch der Urkunden: *Beispiele idealer Regierung*
3. Das Buch der Lieder: *Sammlung alter Dichtkunst aller Lebensbereiche*
4. Die Aufzeichnungen über die Riten: *Leitfaden für rechtes Handeln*
5. Frühlings- und Herbstannalen: *Anleitungen für gutes Regieren*

Im Zentrum des konfuzianischen Denkens steht der Harmonie-Begriff *(vom Individuum bis zum Kosmos)*. Der menschlichen und göttlichen Welt sollen die zwei elementaren Prinzipien Yin und Yang zugrunde liegen, was auch dem traditionellen chinesischen Denken entspricht.

Yin: für Dinge, die dunkel, feucht, weich, kalt und weiblich ♀ sind.
Yang: für Dinge, die hell, trocken, hart, warm und männlich ♂ sind.

Alles im Universum *(z.B. auch Gesundheit, Staat)* weist Eigenschaften von Yin und Yang in unterschiedlichen Relationen auf. Ziel allen Handelns sollte sein diese Aspekte im Gleichgewicht zu halten, um Harmonie zu erreichen.

Als Ernst das Yin und Yang Symbol ☯ betrachtete, freute er sich. Besser hätte er die Vereinigung eines männlichen mit einem weiblichen Wesen nicht darstellen können!

Eizelle und Spermazelle fusionieren zur Zygote, einem neuen Wesen. Männliche und weibliche Initialenergie verschmelzen zur Hybrid-Initialenergie. Das entsprach dem Zeugungs-Prinzip seiner „Orbitaltheorie". Im Laufe des Lebenszyklus spalten die fusionierten Teile wieder auf und sind zur erneuten Fusion bereit.

Konfuzius verstand die entscheidenden kosmischen Kräfte auch als „*Fünf Phasen*" oder „*Fünf Elemente*": Feuer, Wasser, Erde, Holz und Metall. Jedes Element wird in einem physikalischen und einem spirituellen Sinn verstanden.

Ernst war komplett einverstanden, alles im Universum, im All, hat eine körperliche und eine energetische Seite *(Grundthese der Orbitaltheorie)*.

Konfuzius glaubte, dass zu jedem Zeitpunkt ein bestimmtes Element den Kosmos beherrschen würde, das auch die Harmonie des Lebens beeinflusst. Ziel sollte es sein, eine Balance zwischen den Kräften zu erreichen, die Einheit von Kosmos und Mensch.

Als Ernst von den fünf Elementen las, die Konfuzius für die entscheidenden kosmischen Kräfte benannte, vermisste er die explizite Erwähnung des Lichts.

Vielleicht sollte das Licht mit dem Element Feuer umschrieben sein? Das war Ernst viel zu schwach für das „*göttliche Element*".

Im Symbol des Yin und Yang wurde es doch deutlich, Licht *(hell)* und Dunkelheit *(dunkel)* sind zwei Gegenspieler und gehören gleichzeitig zusammen, wie der Mann♂ und die Frau♀.

Das Symbol zeigt ein Hybridwesen aus Licht und Dunkelheit, aus Mann und Frau, was zunächst beides ist.

Ernst bemühte „*Schrödingers Katze*" und zeichnete das Yin und Yang Symbol mit einer lebenden und einer toten Katze in einem Orbit *(Lebens- und Seelenraum)* seiner „*Orbitaltheorie*".

*Grafik: **Schrödin und Schrödang***

Yin und Yang, Schrödin ♀ [dunkel, tot] und Schrödang ♂ [hell] in der Kiste (Quadrat)

7. Shintoismus

Der Shintoismus basiert auf der seit Jahrtausenden in Japan heimischen Religion. Der Name Shinto *(„Weg der Gottheiten")* wurde erstmals 720 n. Chr. auf die Religion angewandt.

> Der Glaube verehrt zahllose Gottheiten *(Kami)*.
> Die Sonnengöttin *(Amaterasu)* ist eine der mächtigsten Gottheiten.
> Der Shintoismus versucht Harmonie zwischen den Menschen und dem Götterreich herzustellen.

Die aufgehende Sonne, ein Symbol für das wiederkehrende Licht, wurde zum Symbol auf der Staatsflagge von Japan, dem *„Land der aufgehenden Sonne"*.

Ernst kapitulierte an diesem Punkt zwar vor der Vielzahl der alten Religionen, Glaubensrichtungen, Stammesreligionen, Schamanenbräuche und neuen religiösen Bewegungen, die er nicht näher betrachten konnte und wollte, glaubte aber für eine Zusammenfassung und eine Fokussierung der potenziellen Zielstellung, der Beschreibung eines neuen Weges, genug gelesen zu haben.

Götter und das All

Die Frage nach der Sinnhaftigkeit von Göttern und der Wahrscheinlichkeit ihrer wirklichen Existenz hatte sich für Ernst nicht gestellt. Der Weg zu Göttern scheint unmittelbar mit der Entwicklung des menschlichen Geistes verknüpft zu sein. Mit der Hinterfragung seiner eigenen Existenz führt der Weg des Menschen zu Göttern, da die Unendlichkeit des Alls ihm immer Rätsel aufgeben wird. Aus der finalen Unerklärbarkeit der ihn umgebenden körperlichen und energetischen Existenz resultierten für Ernst die vielen Versuche der Menschen, Götter im eigenen Geist zu finden. Atheisten schloss er in die Suche ein, gleichberechtigt mit Voodoo-Gläubigen, die ihre Ahnengeister beim Klang von Trommeln anrufen, gleichberechtigt mit allen Menschen.

Götter scheint es so viele zu geben, so viele wie es Menschen gibt. Ob er sich entscheidet, an viele Götter, an nur einen Gott oder sogar an keinen Gott zu glauben, muss die individuelle Entscheidung jedes einzelnen Menschen bleiben.

Er blickte nur kurz zurück auf die schönen Geschichten der Götterwelten der Ägypter, der Germanen, der Griechen, der Römer, der Inder, der Chinesen... in seinen farbig illustrierten Büchern, die verstreut in seinem Zimmer lagen, und zollte der Vielfalt und Unendlichkeit des menschlichen Geistes seinen uneingeschränkten Respekt.

Leider, oder zum Glück, ist dem menschlichen Geist der Zugang zur *„Finalen Wahrheit"* der uns umgebenden Welt und des Alls verschlossen.

Ernst fand das nicht schlimm, damit gab es mehr Raum für Fantasie.

Er hatte vor kurzem einen Film gesehen, der versuchte, die Entwicklung unseres Universums im Zeitraffer von jetzt bis zu seinem Ende darzustellen. In farbenprächtig animierten Bildern wurde die Expansion unseres Universums, die Vernichtung der Planeten unseres Sonnensystems, einschließlich der Erde, das Auftauchen und Verdampfen von Schwarzen Löchern, der Zerfall der Bausteine unserer Materie *(z.B. Zerfall der Protonen in wahrscheinlich 10^{36} Jahren)* in unvorstellbaren Zeiträumen fiktiv dargestellt.

Nach diesen Hypothesen wird unser Universum immer ärmer an Planeten und Sternen, immer kälter und immer dunkler.

Ja, das hatte Ernst in seiner *„Orbitaltheorie"* für das einzelne Universum auch einkalkuliert. Allerdings öffnete er mittels seiner Fantasie gleich unendlich viele Türen, die ein optimistisches Ende der Zukunft unseres Universums im All in Aussicht stellten, Wege zurück aus der Dunkelheit, zurück ins Licht.

Dass er dabei hoffte, dass dem Leben, ja dem menschlichen Geist, eine besondere Rolle im kosmischen Spiel zukommen könnte, war natürlich, er war selbst ein Mensch.

Zurück zu den Göttern!

Ernst versuchte sich vorzustellen, was die Götter wohl zum Wirken der Menschen auf der Erde sagen würden.

Mit zunehmender Entfernung von der Erde in den Makrokosmos wird die Erde immer kleiner, kleiner, kleiner, bis sie aus dem Gesichtsfeld endgültig verschwindet. Schon aus der Entfernung der Internationalen Raumstation *(ISS, engl.: International Space Station, 400 km Höhe)* kann man erkennen, wie unser *„Blauer Planet"* besonders an den Stellen, wo viele Menschen leben, wie ein von Mikroben zerfressener Apfel leidet.

Man stelle sich vor, ein Gott, oder viele Götter, ganze Götter-Familien und -Generationen beobachten unser Tun aus gebührender Entfernung und bewerten uns bezüglich ihrer göttlichen Zielstellungen und Erwartungen.

Alles andere als ein erstauntes oder sogar zorniges Kopfschütteln über unser Handeln hätte Ernst sehr verwundert. Er hörte Aufschreie des Entsetzens von allen Göttern.

Sind wir Menschen denn von allen Göttern verlassen!

Die Götter waren sich alle einig, wir Menschen nicht.

Während wir Menschen uns streiten, wer den richtigen Gott anbetet, verwüsten wir die Erde, unsere Heimat für die nächsten Millionen Jahre, unsere einzige Heimat!

Für Ernst stand fest:

Die Menschen müssen diesen, im kosmischen Sinne lächerlichen, Streit um den „*Wahren Gott*" beenden und sich auf eine gemeinsame Zielstellung besinnen!

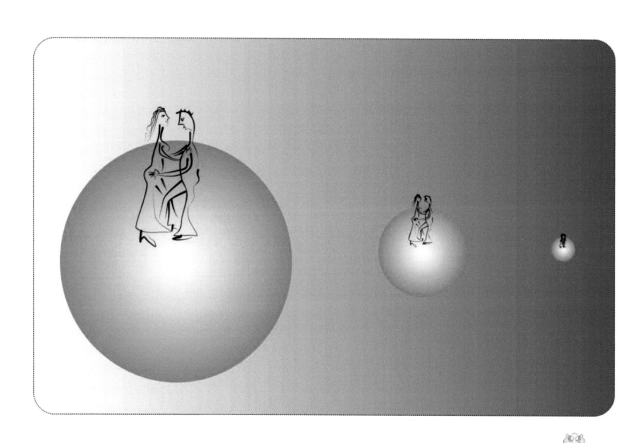

Grafik: **Der Mensch auf der Erde im Universum**

nach rechts: immer größer werdender, räumlicher Abstand des Betrachters

2. Die Vision vom „Blauen Planeten"

Ernst beschloss, sich Gedanken zu machen, wie der Weg hin zum „Blauen Planeten" aussehen könnte.

Er zog sich gedanklich auf eine Betrachter-Position weit außerhalb der Erde zurück. Ernst sah eine sich drehende, wundersam leuchtend blaue Kugel im gleißenden Sonnenlicht lautlos durch das All gleiten auf ihrer Bahn um die Sonne. Wunderschön geheimnisvoll, ihm stockte der Atem vor so viel Schönheit, wie beim Anblick einer schönen Frau.

Wenn er sich näherte konnte er Strukturen erkennen: Gebirge, Flussläufe, Ufer von Ozeanen und Wüsten, schneebedeckte Gipfel und Polkappen, weiße Wolkenfelder wie Wattebällchen, Wirbel von Hurrikans über dem Meer, Brände wüten, Rauchfahnen von Vulkanen und menschlicher Industrie…

Er kreiste um die Erde und sah auf der Nachtseite der Erde Lichter aufblinken von menschlicher Zivilisation, Blitze zucken über der Steppe und gespenstische Polarlichter leuchten an den Polen unseres Planeten…

Ernst wusste, dass die *ISS* die Erde in ca. 93 Minuten einmal umkreist, beneidete die Kosmonauten zwar um ihren Ausblick, wünschte sich allerdings nicht, in der engen Kabine der Station eingezwängt seine Tage fristen zu müssen.

Er hoffte, dass die Menschen, die dieses einmalige Erlebnis genießen konnten, als Botschafter des Lichts und der Einmaligkeit des Lebens auf die Erde zurückkommen und den Rest ihrer Lebenszeit diese Botschaft wie Propheten verkünden würden, um unseren Planeten in seiner Schönheit zu preisen und zu erhalten.

FICTION FOTOGRAFIE *(Ernst, 2021)*: **„Mondlicht"**

Licht (1)

Geheimnisvolles Wesen
Paarst dich mit der Dunkelheit
Jeden Abend
Jeden Morgen

Lieben kannst Du nie genug
Berührst die Sterne und den Mond
In dunkler Nacht
Mit zarter Hand

Lockst uns Menschen aus der Hütte
Führst uns zum Meer
Zum Strand
Zu weißen Segeln
Zum Ozean der Lust

Dass wir vergessen
Tag und Nacht

So müssten Außerirdische unseren Planeten sehen, wenn sie sich uns nähern würden! Oder wären sie eher entsetzt und enttäuscht, da sie nach einem kalten Planeten ohne Wasser gesucht hatten, ohne Leben in unserem Sinn und vielleicht nur auf der Jagd nach Rohstoffen und Energie waren?

Die Erde ist der einzige Planet unseres Sonnensystems, auf dem Wasser in allen drei Aggregatzuständen *(fest, flüssig, gasförmig)* vorkommt und dessen Oberfläche von flüssigem Wasser bedeckt ist. Wasser ist eine der wichtigsten Zutaten zu unserem Leben.

Alle Pflanzen, alles Getier, wir Menschen brauchen Wasser, um zu überleben. Als Embryo / *Fötus* schwimmen wir ca. neun Monate im mütterlichen Fruchtwasser bis zur Geburt, dem Wechsel aus dem Orbit der Mutter in den Orbit der Erde.

Wir sind zwar Landbewohner geworden, sehnen uns aber immer nach dem Meer, wahrscheinlich dem Ort in dem wir entstanden, vor langer, langer Zeit.

Für Ernst war die Erde das Paradies. Besonders liebte er die Hügel, Auen und Flusstäler, die seiner Heimat ähnelten und die Felsen und Fjorde im Hohen Norden mit ihrer, für ihn schmerzhaft schönen, Natur.

Beide Landschaften zogen ihn magisch an und er ahnte und hoffte, dass jeder Mensch solche, mit Gefühlen untersetzten, geografischen Teile unsere Planeten kennen und lieben würde.

Er sah in Gedanken den Eskimo auf einer Eisscholle im Nordpolarmeer mit seinem scharfen Messer die Robbe zerlegen und ein Stück rohes Fleisch verzehren, er sah den Reisbauern auf seinem schlammigen Feld auf asiatischen Bergterrassen Reispflanzen in den Boden stecken.

Ernst kannte natürlich die von Bürokraten und „Gutmenschen" angestrengte Diskussion über die Bezeichnung der „indigenen Völker des nördlichen Polargebietes" Eskimos nur noch Inuit zu nennen, glaubte allerdings, dass diesen Völkern wesentlich mehr Aufmerksamkeit und Ehre gebührt, als ein lächerlicher Namens-Streit.

Ernst dachte an Aborigines in Australiens trockenem Buschland, die gerade ein Känguru erlegten und erinnerte sich an ihre schwarz-rote Flagge mit dem goldenen Sonnensymbol in der Mitte.

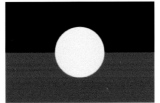

Flagge der Aborigines

Er freute sich, dass das Naturvolk sich für eine solch symbolhafte Flagge entschieden hatte und dachte, das hätte auch die Nationalflagge Deutschlands oder sogar die Flagge aller Menschen auf der Erde werden können!

Seine Gedanken glitten kurz ab zu den Andenindianern Südamerikas, als direkte Nachfahren der Inkas, die glaubten direkt vom Sonnengott *(Inti)* abzustammen und er war wieder mitten drin im Thema Licht, Sonne, Götter und Menschen.

Der Sonnengott Re wurde von den Ägyptern als der eigentliche „*Schöpfergott*" angesehen, der z.B. für die Toten das Leben erneuern kann.

Den Versuch, in die Götterwelt der alten Ägypter tiefer einzutauchen, die von Göttern, Ungeheuern, Unterwelten… nur so wimmelte, brach Ernst als für ihn aussichtslos ab. *Wofür gibt es hunderte Ägyptologen!*

Unglaublich, was sich die Menschen aus Splittern ihrer realen Welt und ihrer Fantasie während ihrer Lebenszeit für komplexe Geschichten erdacht haben!

Als Ernst eine Wandmalerei aus der Pharaonenzeit betrachtete, die den Sonnengott Re in Begleitung auf einer Barke zeigte, stand für ihn außer Frage, dass der Sonnengott eine Sonnengöttin war und zwar in Begleitung gleich mehrerer strammer Männer *(Ernst zählte fünf!)*.

(Wandmalerei: Die Barkenfahrt des falkenköpfigen Sonnengottes Re-Harachte, der die Sonnenscheibe auf dem Kopf trägt, Wandmalerei im Grab des Sennodiem in Deir el-Medina, 19. Dynastie)

Das freute Ernst, da er schon in seinem vorigen Buch („*Orbitaltheorie P21*") gehofft hatte, dass Gott eine Frau wäre. Er ahnte allerdings die entsetzten Proteste der Ägyptologen. Hindus hätten mit unterschiedlichen Gestalten und Geschlechtern eines Gottes kein Problem.

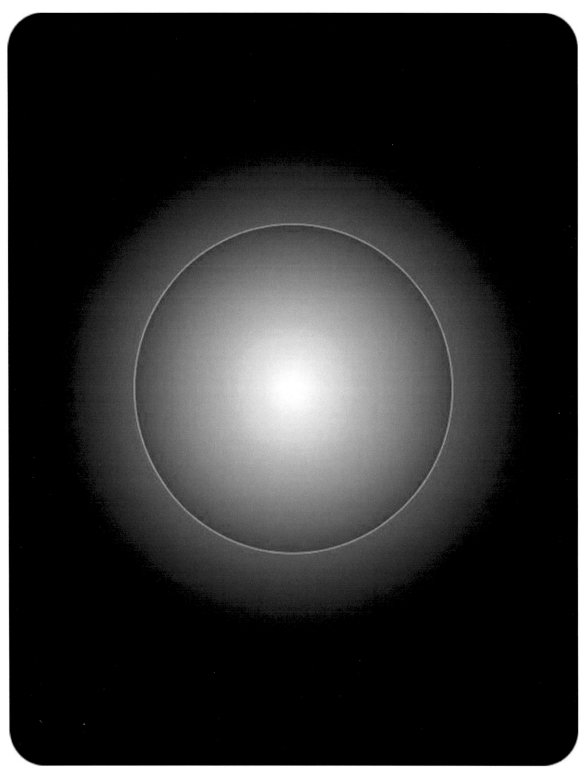

Grafik: **Der „Blaue Planet"**

Der „Blaue Planet"

Unser „*Blauer Planet*" Erde kreist gemeinsam mit noch sieben anderen Planeten um die Sonne, in einem vor 4,5 Mrd. Jahren entstandenen Sonnensystem.

Die Menschen haben die Daten der Umlaufbahnen der Planeten und die Zeiträume ihrer körperlichen Existenz genau berechnet.

Alle Grundabläufe der Entstehung und des natürlichen Untergangs unseres Sonnensystems sind im Rahmen der menschlichen Denkmöglichkeiten ausreichend genau geklärt *(vgl. auch „Orbitaltheorie P21")*.

In ca. 900 Mio. Jahren wird die Oberflächentemperatur der Erde ca. 30°C betragen und kein höheres Leben mehr möglich sein.

Bis dahin hätten wir Zeit, auf unserem Planeten zu leben.

900 Mio. Jahre!

Die wir nutzen sollten.

Ernst träumte von einem friedlichen Planeten Erde, auf dem alle Menschen gemeinsam an einem Ziel arbeiten würden.

Ernst dachte, wenn Außerirdische unseren Planeten besuchen und nach Hause zurückkehren würden, müssten sie stolz berichten, dass es im All das Paradies gäbe. Sie müssten die Menschen nicht wie lästiges Ungeziefer, das einen Planeten zerstört, darstellen müssen, sondern als eine Spezies die friedlich ihre Anwesenheit im All fristet, ihren Aufenthalt auf der Erde genießt und gleichzeitig einen Blick in die Unendlichkeit wagt.

Ihm war klar, dass die Umgestaltung des Lebens auf der Erde die größte Herausforderung der Menschheit darstellen wird.

Ernst ahnte, dass diese Umwandlung einige Generationen in Anspruch nehmen und auf heftige Widerstände treffen würde.

Wie würde Ernst vorgehen?

FICTION FOTOGRAFIE *(Paula/Ernst, 2020):* **„Suche"**

3. Die Übergangsphase

Die Gründung der „*Bewegung der Vernunft*"

Ernst versuchte eine Definition von Vernunft und merkte, dass die Angelegenheit vielleicht als Rollenspiel am besten darzustellen wäre. Endlich hatte er begriffen warum Schriftsteller und Komponisten Bühnenstücke, Opern und ähnliches schreiben! Hier kann vieles fragmentarisch bleiben, da „*normale*" Menschen agieren und der Zuschauer seine eigenen Fantasien und Lebenserfahrungen einbringen kann. Er begann sein erstes Drehbuch zu schreiben:

Ernst beabsichtigte, damit auch den, für ihn ermüdenden, Diskussionen der deutschen Philosophen wie z.B. Immanuel Kant (1724-1804), Friedrich Hegel (1770-1831) und Arthur Schopenhauer (1788-1860) über „Vernunft" auszuweichen und gleichzeitig die Schwierigkeiten der Suche nach einem „Einenden Element" für alle Menschen anzudeuten.

Der Weg - Bühnenstück in drei Akten:

1. Akt: „Die Bewegung der Vernunft"

Sparsames Bühnenbild, Scheune, ein hölzernes Stehpult, Leinwand im Hintergrund, auf der alternierend Bilder erscheinen von Naturkatastrophen, Großstädten mit Wolkenkratzern, unberührter Natur und Müll in den Ozeanen, Bilder von Synagogen, Kirchen, Moscheen und Tempeln, Umweltverschmutzung, Bilder von Menschen auf der Flucht, Bilder von schönen Menschen, von Krieg und dann wieder Bilder aus dem All mit dem Blick aus dem Kosmos auf unseren „Blauen Planeten"

27 Agierende: + 1 Flagge

Ernst als Gründer der **„Bewegung der Vernunft"**

Menschengruppe: *ca. 24 Erwachsene (12 Männer, 12 Frauen) und 2 Kinder*

Bühne im Halbdunkel, rustikaler, leerer Raum, Spot auf Ernst der hinter einem Stehpult steht, das einer Kirchenkanzel ähnelt.

Musikalische Untermalung an einigen Stellen:
Ludwig van Beethoven (1770-1827):

Akkorde aus der Dritten Sinfonie (Eroica)

*

Ernst stellt die Frage in den Raum:

Sind hier „Vernünftige" anwesend?

Aus dem Dunkel schallt eine Gegenfrage zurück:

Einer ♂**:** Was heißt hier Vernünftige und Unvernünftige, willst du uns beleidigen?

Ernst: Ich meine vernünftig für alle Menschen und vernünftig für unseren Planeten Erde auf dem wir leben.

Als erstes würde ich eine Flagge hissen wollen, als Zeichen des Beginns der Bewegung, die mit einem Menschen beginnen muss.

Gemurmel *(aus dem Dunkel / Halbdunkel, ca. 26 Personen als Gruppe anwesend)***:**

Was für eine Flagge? Wer soll der erste sein?

Ernst *(im Spot)***:** Ich bin der erste. Hier ist meine Flagge.

(Ernst hebt eine Flagge vom Boden und schwenkt diese unsicher im Raum. Die Flagge ist an einem Besenstiel befestigt und besteht aus einem weißen Laken mit einer blauen Kreisfläche in der Mitte.)

Gemurmel *(aus dem Dunkel)*:

Scheiß Flagge, da hätte ich einen anderen Vorschlag.

Ernst *(im Spot)*: Okay, was für einen Vorschlag?

Gemurmel *(Stimmengewirr aus dem Dunkel)*:

Die Kreisfläche muss grün, nein gelb…violett, nein rot, nein regenbogen-farben sein…

Ernst *(im Spot)*: Okay, vielleicht können wir uns darüber später einigen.

(Ernst steckt die Flagge in ein Loch im Pult. Die Flagge hängt jetzt schlaff herab.)

Kann ich davon ausgehen, dass hier „*Vernünftige*" anwesend sind?

Gemurmel *(aus dem Dunkel)*: Du hast noch nichts gesagt.

Ernst *(im Spot)*: Vernünftig heißt, dass wir akzeptieren, dass wir Menschen sind, die auf der Erde leben und dass wir sterben werden.

Gemurmel *(aus dem Dunkel)*: Das soll alles sein?

Ernst *(im Spot)*: Ja

Einer ♂ *(aus dem Dunkel)*: Lächerlich…

Ernst *(im Spot)*: Ja, vielleicht noch, dass wir alle uns auf das Licht freuen, das die Sonne uns jeden Morgen schenkt.

Ein Trivialer ♂ *(aus dem Dunkel)*:

Banal, langweilig. Mir ist das hier zu blöd, ich hau ab…

(Ein Trivialer ♂ aus dem Halbdunkel verschwindet von der Bühne. Das Licht gleitet kurz über die restliche Menschengruppe)

Ein Intellektueller ♂ *(aus dem Dunkel)*:

Das ist mir viel zu viel kategorischer Imperativ.

(Der Intellektuelle ♂ aus dem Halbdunkel verschwindet von der Bühne. Das Licht gleitet kurz über die restliche Menschengruppe.)

Ernst *(im Spot)*: Habe ich zu viel Vernunft erwartet?

Gemurmel *(aus dem Dunkel)*: Bis jetzt nicht. Du hast ja noch nicht viel ge-sagt.

Ernst *(im Spot)*: Wollt ihr, dass ich mehr sage?

Gemurmel *(aus dem Dunkel)*: Sprich!

Ernst *(im Spot):*

Wir müssten damit beginnen, dass alle genug zu essen und zu trinken haben.

Ein Dicker ♂ *(aus dem Halbdunkel):* Wieso? Haben wir doch.

Gemurmel *(aus dem Dunkel):* Nein, wir nicht und unsere Kinder.

Einer ♂ *(aus dem Dunkel):* Selbst schuld!

Ernst *(im Spot):* Schuld hin und her. Wollen wir, dass alle genug zu essen und zu trinken haben? Ja oder nein?

Eine Frau ♀ *(aus dem Dunkel):* Im Prinzip ja.

Ein Dicker ♂ *(aus dem Halbdunkel):* Hauptsache die fressen mir nicht alles weg.

(♂ lacht)

Gemurmel *(aus dem Dunkel):* Wir haben zu wenig, unsere Kinder hungern.

Ernst *(im Spot):* Ja, eigentlich ist genügend Nahrung und Wasser für uns Menschen auf der Erde vorhanden, aber... *(Ernst stockt)*

Gemurmel *(aus dem Dunkel):* Sprich weiter

Ernst *(im Spot):* Unsere Erde kann viele Menschen ernähren, aber nicht zu viele.

Gemurmel *(aus dem Dunkel):*

Was heißt hier zu viele? Wie viele sind wir denn jetzt?

Ernst *(im Spot):* Wir sind jetzt ca. 8 Mrd. Menschen auf der Erde. Ich denke bei 20-30 Mrd. wird's knapp!

Gemurmel *(aus dem Dunkel):* Wie, knapp?

Ernst *(im Spot):* Wollen wir die Natur unserer Erde erhalten und mit der Natur im Bunde leben, dass unsere Kindeskinder noch Wälder und Tiere, klare Bäche und Seen sehen und saubere Luft atmen können?

Gemurmel *(aus dem Dunkel):* Ja

Ernst *(im Spot):* Dann müssen wir das Leben auf der Erde neu organisieren. Deshalb schwenke ich meine Flagge für die Vernunft.

(Ernst nimmt die Flagge, schwenkt sie kurz und steckt sie zurück.)

Gemurmel *(aus dem Dunkel):* Was, denkst du, ist zu tun?

Ernst *(im Spot):* Was ich denke, ist nicht so wichtig. Wenn wir nichts tun und so weiter machen, wie bisher, wird die Natur unserer Erde vernichtet und damit die Lebensgrundlage für uns alle.

Es wird nicht ohne Veränderungen gehen.

Ein Playboy ♂ *(aus dem Halbdunkel):* Ich hab's geahnt! Tschüss, ich hau jetzt ab auf meine Yacht. *(♂ greift sich eine Blondine ♀ und verschwindet von der Bühne. Das Licht streift kurz über den Rest der Gruppe, die zusammenrückt.)*

Eine Frau ♀ *(aus dem Dunkel):* Sprich, mein Kind stirbt.

Ernst *(im Spot):*

Als erstes müssen wir zu den Ärmsten gehen und ihnen erklären, wie sich der Mensch vermehrt und dass und wie man die Vermehrung steuern kann.

Gemurmel *(aus dem Halbdunkel):* Eine Schande! Wir lehnen jegliche Empfängnisverhütung strikt ab! *(2 Menschen (♂ und ♀) entfernen sich von der Bühne, ein Kreuz unter Protest schwenkend.)*

Eine Frau ♀ *(aus dem Dunkel):* Sprich, mein Kind stirbt.

Ernst *(im Spot):*

Wir müssen jeden einzelnen Menschen erreichen, ihn in seiner Seele treffen,

ihn überzeugen für die große Sache.

Liebt Ihr eure Heimat, wo ihr geboren wurdet und aufwuchst?

Gemurmel *(aus dem Dunkel):* Ja, sehr!

Ernst *(im Spot):* Wollt ihr dort leben und alt werden und sterben.

Gemurmel *(aus dem Dunkel):*

Ja, aber unsere Kinder sterben und anderswo gibt es das Paradies.

Ernst *(im Spot):* Das Paradies kann überall auf unserer Erde sein.

Wir müssen nur den Reichtum neu verteilen.

Alle Menschen sind gleich.

Was wir brauchen ist Vernunft.

Tumult/Gemurmel *(aus dem Dunkel):* Ich ahne was jetzt kommt.

(2 Menschen (♂ und ♀) entfernen sich von der Bühne.)

Kommunistenschweine!

Ein Hindu ♂ *(im Dunkel) spricht die heilige Silbe:* **OM** *und verlässt die Bühne.*

Eine Politikerin ♀ *(aus dem Dunkel):* Das widerspricht unserem Partei-programm und den Prinzipien der freien Marktwirtschaft! *(Politikerin verschwindet durch das Halbdunkel von der Bühne. Licht gleitet kurz über die restliche Menschengruppe.)*

Ernst *(im Spot):* Die Frau ist gleichberechtigt zum Mann.

Ein Moslem ♂ *(jault aus dem Dunkel):* Meine Haremsfrauen!

(rast von der Bühne, mit einem Halbmond fuchtelnd)

Ernst *(im Spot):* Wir müssen die Gier nach Macht und Geld besiegen.

Ein Verkäufer ♂ *(aus dem Dunkel):*

Ich glaub, mein Schwein pfeift! Ich wollte hier nur meine Heizdecken verticken *(quält sich mit einem Paket von der Bühne).*

Lärm, Explosionen und Schüsse im Hintergrund

Gemurmel *(ängstliches Stimmengewirr aus dem Dunkel):* Weg, weg...

Die restliche Menschengruppe aus dem Dunkel löst sich auf und huscht durch das Licht von der Bühne, ein Querschläger verfehlt Ernst knapp und trifft den Beamer für die Projektion der Bilder auf die Leinwand.

Eine „farbige Frau" ergreift die Hand von Ernst, an ihrer Hand ein kleines Kind *(wortlos alle drei im Spot):*

Ernst ergreift seine Flagge mit dem „Blauen Planeten" und flieht Flagge schwenkend mit der Frau und dem Kind von der Bühne, während die Bilder auf der Leinwand kollabieren.

Das Licht geht aus und beleuchtet als letztes Ernst mit Frau und Kind auf der Flucht.

Ende *des 1. Aktes*

Ernst dachte, kommt uns die Szene nicht bekannt vor?

Gab es da nicht schon eine Familie mit einem kleinen Kind auf der Flucht? Er dachte an Maria, Josef und das Kind in der Krippe an Weihnachten im Stall in Bethlehem.

Aus einer Idee kann durchaus eine Lawine werden, aber wir haben nicht nochmals 2000 Jahre Zeit! Diese Idee war offensichtlich noch nicht stark genug, um unseren Planeten vor uns Menschen zu schützen.

Das Licht als das „Einende Element"

Ernst glaubte fest daran, dass das Licht das „Einende Element" für die Menschheit sein könne.

2. Akt: „Der Kampf um das Licht"

Bühnenbild, Beduinen-Zelt in der Wüste, im Zelt ein thronartiger großer Stuhl für die Vorleserin, Teppiche auf dem Boden des Zeltes

Leinwand im Hintergrund, auf der alternierend Sonnenaufgänge und Sonnenuntergänge zu sehen sind, Bilder von Eruptionen auf der Sonne, völliger Dunkelheit und Nordlichtern

31 Agierende: + 4 Flaggen

+ Wimpel und Flaggen unterschiedlicher Nationen und Religionen

Menschengruppe: *ca. 20 Erwachsene (10 Männer, 10 Frauen) und 10 Kinder*

Ernst als Gründer der **„Bewegung der Vernunft**" *mit seiner Flagge*

und 4 weiteren Menschen (♂ und ♀Erwachsene) und 2 Kindern, die ebenfalls kleine Flaggen des „Blauen Planeten" tragen, sitzen als Gruppe vorn im Publikum (Halbdunkel).

Bühne im Halbdunkel, Zuhörer sitzen auf dem Boden, Spot auf eine Frau die im großen Stuhl sitzt und aus einem Märchenbuch vorliest. Neben ihr ein großer Kerzenständer mit einer Kerze

Musikalische Untermalung an einigen Stellen: orientalische Klänge im Beduinenzelt

Schluss: Ludwig van Beethoven: Akkorde aus der Dritten Sinfonie

*

Eine Märchenvorleserin
(im Spot, liest aus einem dicken, alten Märchenbuch):

Es war einmal, vor langer, langer Zeit, ein Königreich des Lichtes, das wurde von einer finsteren Macht bedroht, die sich von Licht ernährte.

Das Monster fraß und fraß, bis bald alles Licht aufgefressen war.

Der König hatte schon alle seine tapferen Ritter verloren und der Untergang des Reiches des Lichts war nah. Da schickte er seine einzige, heißgeliebte Tochter, die gerade der Kindheit entwachsen war, schweren Herzens in das Reich der Dunkelheit, einen Ausweg zu suchen.

Die Tochter machte sich auf den Weg und fand nach langer, gefährlicher Suche eine Hütte in der Nähe der Höhle des Monsters, klopfte und öffnete die knarrende Tür.

Drin hockte eine gruselige, alte Hexe, die schon ewig kein Menschlein mehr verspeist hatte. Sie fragte: *Mutig, mutig, dich hierher zu wagen, keiner* verließ den Ort hier lebend, vor dir. Was willst Du von mir? Was kannst du mir bieten, dich zu verschonen?

Die Tochter antwortete: *Ich möchte, dass du mir eine Frage beantwortest, dann bring ich dir so viele Kinder wie du magst. Zum Unterpfand gebe ich dir meinen Ring.* Sie zog den Diamantring ihres Vaters vom Finger und warf ihn der Hexe vor die Füße.

Die Alte zögerte und sagte: *Stell deine Frage.*

Die Tochter sprach: *Sag, wie können wir das Monster der Dunkelheit besiegen?*

Die Hexe antwortete: *Das ist die schwerste aller Fragen, die du mir stellst! Ich will sie dir mit einem Rätsel beantworten und dann geh und such die Lösung selbst.*

Geh nach Hause, in dein Reich des Lichts, versammle alle verbliebenen Menschen ohne Ansehen des Standes, der Hautfarbe, des Geschlechts, des Alters und des Glaubens und frage sie, wieviel Wert das Sonnenlicht für sie hat und was sie opfern würden für das Licht. Zweimal stell die Frage in die Dunkelheit, ich gebe dir das Licht zurück. Beim dritten Mal, wenn du die Frage stellst, habt ihr die letzte Chance, danach ist alles viel zu spät. Kommt es zu keiner Einigkeit, gehört alles mir und dem Monster der Dunkelheit. Die Lösung des Rätsels liegt jetzt bei euch.

Geh und versuch dein Glück. Die Hexe lachte siegessicher und rief der Tochter hinterher: *Bring mir die Kinder. Vergiss die Kinder nicht!*

Die Märchenerzählerin unterbricht die Lesung, trinkt einen Schluck Wasser und verlässt das Zelt.

Eine Muslimin (im Spot, schwarz verschleiert, steht auf und geht nach vorn)

stellt die Frage in den Raum:

Sind hier Menschen im Raum, die ohne Sonnenlicht leben wollen oder können anwesend?

Aus dem Dunkel schallt eine Gegenfrage zurück:

Einer ♂: Wie lange? Von mir aus muss die Sonne nicht scheinen, ich bin nur nachts unterwegs.

Muslimin (im Spot): Ich liebe die Sonne und kann ohne sie nicht leben, Allah ich danke dir. Ich würde alles für das Licht geben, außer dir.

Gemurmel

(aus dem Dunkel/Halbdunkel, ca. 30 Personen als Gruppe anwesend):

Was hat Allah damit zu tun, danke Gott, danke Buddha, danke Jesus, danke der Kernfusion, **OM...**

Ernst *(im Spot, im Publikum):* Ich glaube alle Menschen lieben und brauchen die Sonne und das Licht.

(Ernst hebt eine leicht verschmutzte Flagge vom Boden und schwenkt diese unsicher im Raum. Die Flagge ist an einem Besenstiel befestigt und besteht aus einem weißen Laken mit einer blauen Kreisfläche in der Mitte.)

Gemurmel *(aus dem Dunkel):*

Ja du hast recht. Was soll das Treffen? Wer will sich wieder wichtig tun und über uns bestimmen?! Ich dachte wir gehen mit unseren Kindern zur Märchenstunde.

Ernst *(im Spot):* Keiner will allein bestimmen. Wir wollen nur Einigkeit.

Gemurmel *(Stimmengewirr aus dem Halbdunkel):*

Einigkeit mit denen, die meine Familie umgebracht und meine Frau getötet haben, Niemals, Scheiß Ungläubige, Scheiß Spagettifresser, Scheiß Wilde, Scheiß Neger, Scheiß Deutsche, Scheiß Schlitzaugen, Scheiß Weiße, Scheiß Indianer, Scheiß Männer, Scheiß Frauen, Scheiß Schwule, Scheiß Heteros, Scheiß Lesben, Scheiß Christen, Scheiß Muslime, Scheiß Juden, Scheiß Hindus, Scheiß Einwanderer, Scheiß Buddhisten, Scheiß Kapitalisten, Scheiß Kommunisten, Scheiß Politiker, Scheiß Fahrradfahrer...

Einer: Wäre ich nur nicht hierhergekommen! Komm wir gehen.

Er zerrt sein Kind an der Hand und will gehen. Das Kind bleibt sitzen.

Kind *(aus dem Halbdunkel):* Wir müssen bleiben, Vater.

Je mehr Beschimpfungen fallen, desto mehr geht das Licht aus. Ernst hebt kurz die Flagge vom Boden und schwenkt diese im Raum. Das Licht ist verloschen. Aus dem Dunkel schallen immer noch Beschimpfungen. Die Leinwand bleibt dunkel.

Einer: Scheiß Elektriker, Scheiß LED-Lampen...

Die Bühne ist im völligen Dunkel und bleibt dunkel.

Einer: Was soll der Scheiß! Wollt ihr uns verarschen!

Einzelne Kerzen werden angezündet. Feuerzeuge leuchten auf und verlöschen.

Muslimin *(im Kerzenschein, Kerze auf dem Kerzenständer):* Allah will uns strafen, er ist der Herr über das Licht.

Einer *(aus dem Dunkel)*: Quatsch. Auf der Sonne läuft eine Kernfusion, wir haben noch ca. 500 Mio. Jahre Zeit bis es auf der Erde für höheres Leben zu warm wird.

Kind *(aus dem Dunkel)*: Müssen die Menschen dann alle sterben?

Ernst *(im Dunkel)*: Ja, aber wir hätten noch etwas Zeit.

Ein anderes Kind *(aus dem Dunkel)*: Wie lange?

Einer ♂ *(aus dem Dunkel)*: Wie ich sagte, ca. 500 Mio. Jahre.

Ernst *(im Dunkel)*: Ja, er hat recht.

Kind *(im Dunkel)*: Wieso hätten?

Ernst *(im Dunkel)*: Das hängt von vielen Faktoren ab, auch vom Verhalten der Menschen, jedes einzelnen Menschen. Es kann viel schneller Schluss sein mit dem Leben der Menschen auf der Erde.

Einer ♂ *(aus dem Dunkel)*: Von mir hängt es nicht ab, ich verhalte mich klimaneutral!

Gemurmel/Gelächter *(aus dem Dunkel)*: Lachhaft du Würstchen, es geht um den „Blauen Planeten", nicht um deinen Schrebergarten!

Ernst *(im Dunkel)*: Hört, hört das höre ich gern, ich habe Hoffnung. Es gibt doch noch Vernunft.

Kind *(aus dem Dunkel)*: Müssen wir alle sterben?

Einer ♂ *(aus dem Dunkel)*: Hört jetzt auf mit dem Theater! Schaltet das Licht wieder an!

Muslimin *(im Kerzenschein, Kerze auf dem Pult)*: Allah will uns strafen, er ist der Herr über das Licht. Wir haben es nicht ausgeschaltet.

Einer ♂ *(aus dem Dunkel)*: Ich habe die Schnauze voll, ich rufe jetzt den Notdienst. *(zieht sein Handy aus der Tasche und versucht zu telefonieren, man hört die Ansage „Kein Anschluss unter dieser Nummer." „Kein Anschluss unter dieser Nummer."…piep…piep…piep. Die Verbindung ist gestört und wird unterbrochen.)*

Scheiße, das ist wirklich ernst!

Einer ♂ *(aus dem Dunkel)*: Jetzt hilft nur noch beten!

Gemurmel *(zaghaft aus dem Dunkel, Gebetsdurcheinander)*: Lieber Gott… Allah… Herr im Himmel… Buddha zeige mir den Weg zur Erleuchtung… Jesus führ mich durch die Dunkelheit… Energie ist Masse mal Lichtgeschwindigkeit zum Quadrat…, **OM**… Gib uns das Licht zurück…

Bitte gib uns das Licht zurück…. Bitte… Bitte.

Das Licht flackert und erreicht wieder die halbe Helligkeit, die Menschengruppe sitzt im Halbdunkel (Notbeleuchtung).

Muslimin *(im Kerzenschein, steht auf dem Stuhl, wirft sich auf den Gebetsteppich)*: Dank Allah ich preise dich… Ich glaube, das Licht, das Allah uns geschenkt hat, ist für uns alle, für alle Menschen wichtig.

Ein Buddhist ♂ *(aus dem Dunkel)*: Und für alle Tiere und Pflanzen

Einer ♂ *(aus dem Dunkel)*: Das mit dem Licht stimmt, aber hört mir auf von Allah und Buddha…

Muslimin *(jault auf und wirft sich auf den Gebetsteppich neben den Stuhl und verneigt sich hektisch mehrfach gegen Mekka)*:
Allah, Verzeih den Ungläubigen.

Ein orthodoxer Jude ♂ *(Bart, Kopfbedeckung, geht aus dem Dunkel zum Stuhl)*: Typisch Araber, wenn's ernst wird, kneifen sie. Albert Einstein, mein Glaubensbruder, hat die Gleichungen gefunden, die uns vielleicht helfen könnten.

Gemurmel *(zaghaft aus dem Dunkel)*: Ja, ja komische Hilfe, hell war's ja in Hiroshima.

Ein orthodoxer Jude ♂: Missbrauchen kann man Wissen immer, aber wir haben doch aus der Geschichte gelernt, oder?

Ernst *(aus dem Dunkel)*: Ja, aber warum können wir uns nicht einigen, dass das Licht für alle Menschen gleich wichtig ist? Und dass es egal ist, von welchem Gott es geschaffen wurde. Wichtig ist, dass es da ist und uns hilft zu leben. Und dass es uns eint im Handeln.

Ein Buddhist *(aus dem Dunkel)*: Ich hätte nichts dagegen, mein Meister war ohnehin der „*Erleuchtete*", mit eurem ewigen Leben nach dem Tode könnt ihr mir allerdings gestohlen bleiben. Ich will meine Ruhe im Nirwana!

Kind *(aus dem Dunkel)*: Müssen wir alle sterben?

Eine Mutter ♀ *(aus dem Dunkel)*: Bleib ruhig, das war nicht so gemeint.

Ein islamistischer Terrorist ♂ *(aus dem Dunkel)*: Doch, genauso war das gemeint, alle Ungläubigen müssen sterben. In meinem Himmel gibt es genug Licht für die, die an Allah glauben.

Wirft eine Bombe in die Menschengruppe, die explodiert.

Die Menschengruppe: *Aufschrei (aus dem Dunkel)*

Das Licht geht komplett aus. Es herrscht Stille, bis auf ein Kindergewinsel.

Ca. 3 Min. bleibt die gesamte Bühne komplett dunkel, bis auf einzelne flackernde Kerzen. Der Wind weht durch das zerfetzte Zelt in der Wüste.

Einzelne bewegen sich, stöhnen und stehen auf. Ernst, seine farbige Begleiterin und 2 seiner Kinder haben überlebt. Die Fahne ist zerfetzt.

6 weitere Kinder und 6 Erwachsene haben überlebt und kriechen in Richtung Stuhl der durch einen Spot schwach beleuchtet wird.

Ein Kind *(aus dem Halbdunkel):* Wir sollten alle sterben. Sie wollten uns das Leben nehmen.

Ein anderes Kind *(aus dem Halbdunkel):* Sie wollten uns das Licht stehlen.

Ein anderes Kind *(aus dem Halbdunkel):* Es war das zweite Mal!

Ein sehr kleines Kind *(aus dem Halbdunkel):* Ja, ich habe auch genau mitgezählt. Es war das zweite Mal!

Die verbliebenen Kinder sind zum Stuhl gekrochen und stellen sich um ihn herum auf. Ihre Fahnen und ihre Kleidung sind zerfetzt.

Ein asiatisches Mädchen:

Schwenkt eine zerfetzte Flagge *und steigt auf den Stuhl.*

Die anderen Kinder stehen mit ihren Flaggen um den Stuhl herum.
Ernsts Anhänger tragen das Banner der „Vernunft"

Die überlebenden Erwachsenen stehen oder liegen vereinzelt im Halbdunkel.

Das asiatische Mädchen: Wir müssen es selbst in die Hand nehmen. Wir müssen um das Licht kämpfen. Es ist unser Licht.

Ein Kind *(weint):* Ich will nicht von der Hexe gefressen werden. Ich habe Angst vor der Dunkelheit.

Das asiatische Mädchen: Wenn wir zusammenhalten sind wir unbesiegbar. Wir müssen unser Leben einsetzen für das Licht. Aber Licht und Dunkelheit gehören zusammen, wie Yin und Yang. Habe keine Angst.

Ein anderes Kind: Wir wissen sehr wenig über die Welt und das Licht.

Das asiatische Mädchen:
Wir werden kämpfen und gleichzeitig lernen müssen.

Ernst und seine farbige Begleiterin: Wir werden euch helfen.
(stützt sich auf die zerfetzte Flagge im Halbdunkel)

Das asiatische Mädchen *steigt vom Stuhl, bläst die Kerze aus und verschwindet mit der Kindergruppe aus dem Zelt. Am Horizont geht eine riesige Sonne in der Wüste auf. Die Menschengruppe wankt der Sonne entgegen.*

Ende *des 2. Aktes*

3. Akt: „Der Planeten-Rat" – Rat des Lichts

Bühnenbild symbolhaft in der alten Inka-Bergfestung Machu Picchu

(peruanische Anden, 2360 m, 1450 vom Inka-Herrscher Pachacútec erbaut), Projektion

Sitzplätze auf halbrunder Steintreppe, Rednerplatz zentral in der Mitte vor der Treppe

Leinwand im Hintergrund, auf der alternierend Bilder erscheinen vom 1. und 2. Akt vermischt (Bilder von Naturkatastrophen, Großstädten mit Wolkenkratzern, unberührter Natur und Müll in den Ozeanen, Bilder von Synagogen, Kirchen, Moscheen und Tempeln, Umweltverschmutzung, Bilder von Menschen auf der Flucht, Bilder von schönen Menschen, von Krieg und dann wieder Bilder aus dem All mit dem Blick aus dem Kosmos auf unseren „Blauen Planeten"

Bilder von Sonnenaufgängen und Sonnenuntergängen, Bilder von Eruptionen auf der Sonne, von völliger Dunkelheit und Nordlichtern)

Mehrere große Videobildschirme auf denen die Veranstaltung weltweit übertragen wird. Überall sind Menschengruppen mit überwiegend Kindern und Jugendlichen zu sehen. Verkabelungen, Mikrofone…

50 Agierende: + viele Flaggen und Wimpel (einige buddhistische, gespannte Wimpel-Ketten)

Vorn die beschädigten Flaggen der „Vernunft" und des „Lichts"

Anwesende: ca. 10 Erwachsene und 40 Kinder

Ernst als Gründer der „Bewegung der Vernunft" mit seiner Begleiterin und dem Kind, das asiatische Mädchen vom 2. Akt mit einer Freundin

Menschengruppe: ca. 8 Erwachsene (3 Männer und 5 Frauen)

und 37 weitere Kinder

Bühne im Halbdunkel, Spot auf das asiatische Mädchen vorn

Musikalische Untermalung an einigen Stellen: Peruanische Panflötenklänge,

Ludwig van Beethoven (1770-1827):

Akkorde aus der Neunten Sinfonie, Schluss-Klänge: Ode an die Freude (Schiller/Beethoven)

*

Das asiatische Mädchen stellt die Frage in den Raum *(vorn, etwas ängstlich, neben ihr stehen die zerfetzten Flaggen der Vernunft und des Lichts)*:

Hallo. Sind hier Menschen versammelt, die das Licht lieben und die Vernunft erkennen?

Gemurmel *(aus dem Halbdunkel, zunächst zögernd danach fester Überzeugung)*:

Ja, Ja, Ja… das tun wir. Wir lieben das Licht und wollen alles tun um es zu retten.

Vernunft kann uns vielleicht helfen.

Das asiatische Mädchen *(zunächst etwas ängstlich)*:

Wir sind heute hier, um einen Rat zu gründen, der unsere Interessen auf dem gesamten „*Blauen Planeten*" vertreten soll. Der ihn und das Licht retten soll, auch für unsere Kinder.

Ein eingeschleuster Spion ♂ *am Rande im Halbdunkel telefoniert mit Handy (leise)*: Ich glaube die Verrückten machen Ernst. Wir müssen etwas unternehmen.

Gemurmel *(aus dem Dunkel/Halbdunkel)*:

Was schlägst du vor?

Das asiatische Mädchen *(im Spot)*:

Eigentlich müsste der Rat aus Vertretern aller Nationen, aller Glaubensrichtungen, aller unterschiedlicher Menschen bestehen.

Ernst *(aus dem Halbdunkel)*:

Wir müssen daran denken, dass der Rat schnelle Entscheidungen treffen muss.

Einer ♂ *(aus dem Dunkel)*: Wenn wir alle Meinungen ausdiskutieren wollen, ist das Licht verloren bis wir die erste Entscheidung getroffen haben.

Ein Kind ♀ *(aus dem Halbdunkel)*: Ich habe Angst vor der Hexe, lasst das Licht nicht zum dritten Mal ausgehen!

Das asiatische Mädchen *(im Spot)*:

Wir gründen heute einen Rat aus den anwesenden Personen.

Sie ruft 10 Jugendliche unterschiedlichen Alters und Geschlecht, aus unterschiedlichen Ländern nach vorn. Sie kommen mit ihren Flaggen und setzen sich ins Podium auf eine lange Steinstufe.

Als letzten beruft sie Ernst als Protokollführer.

Was denkt ihr sind die dringendsten Aufgaben?

Ein schwedisches Mädchen ♀ *(im Podium, mit schwedischer Flagge):* Wir müssen die weitere Erderwärmung stoppen.

Ein Inuit-Mädchen ♀ *(im Podium):* Ja, wir müssen versuchen das Abschmelzen der Polkappen zu verhindern, die Eisbären und Robben sterben, der Wasserspiegel steigt, der Golfstrom wird versiegen. Das wird zu globalen Naturkatastrophen führen.

Ein polynesisches Mädchen ♀ *(auf der Steintreppe):* Unsere Insel versinkt im Meer.

Ernst *(notiert die Aufgabe in seinen Laptop):* 1. Erderwärmung stoppen *gibt zu bedenken:* Denkt daran, nicht alle Gründe der Erderwärmung sind von Menschen gemacht, wir leben auf einem Planeten mit einem heißen, flüssigen Kern, der seit Millionen von Jahren Zyklen der Erwärmung und Abkühlung durchläuft. Auf jeden Fall ist es sinnvoll, die Einflüsse des Menschen so minimal wie möglich zu gestalten.

Ein Mädchen ♀ *(auf der Tribüne):* Wie soll das funktionieren.

Ein weißes Mädchen ♀ *(im Podium):* Wir müssen die Industrienationen zwingen den CO_2-Ausstoß klimaneutral zu gestalten. Die Energiekonzerne müssen die Energieproduktion auf neue Technologien umstellen. Sofort!

Ein eingeschleuster Spion ♂ *am Rande im Halbdunkel telefoniert aufgeregt mit Handy (leise):* Die machen Ernst! Ich gebe euch die Namen der Rädelsführer. *Tippt Namen der Ratsmitglieder ein und versendet sie per SMS, wird aber von einem Kind beobachtet, das ihm das Handy entreißt und zum asiatischen Mädchen nach vorn bringt.*

Ein Kind *(vorn im Podium, zeigt auf den Spion):* Er hat uns ausspioniert und will uns töten lassen und das Licht stehlen.

Das asiatische Mädchen *(im Spot, liest die Handy-Nachrichten des Spions und spricht zu ihm):* Du weißt, dass wir uns auf heiligem Inka Land befinden und hier ihre Gesetze gelten? Hast du Kinder?

Der eingeschleuste Spion ♂ *(im Spot, leise):* Ich genieße diplomatischen Schutz, ich verlange meinen Anwalt. Ja ich habe 2 Kinder in Europa.

Das asiatische Mädchen *(im Spot):* Du stehst unter der Gerichtsbarkeit der Inkas. Normalerweise wären die Strafen: Auspeitschen, Steinigen oder Vierteilen. Wir schenken dir dein Leben, du kannst gehen, ohne Handy und Trinkwasser. Keiner soll dir helfen. Wir wollen das Licht und den *„Blauen Planeten"* für alle Menschen retten, auch für deine Kinder. Weshalb arbeitest du gegen uns und damit gegen dich selbst?

Schickt ihn fort.

Der Spion verschwindet schnell, wortlos im Gebirge. Anden-Kondore kreisen am Himmel.

Ich glaube, wir sollten zunächst Aufgaben sammeln und ihre Dringlichkeit festlegen. Jeder, der eine Aufgabe kennt, soll sich melden.

Alle heben langsam, nacheinander den Arm. Ernst fordert sie einzeln auf, zu sprechen.

Ein afrikanisches Mädchen ♀ *(im Podium, meldet sich):* Wir brauchen Trinkwasser für unsere Dörfer, wir verdursten. Wir müssen Brunnen bohren.

Ernst *(notiert die Aufgabe):* 2. Trinkwasser für alle

Ein südamerikanisches Mädchen ♀ *(im Podium, meldet sich):* Wir brauchen mehr Nahrungsmittel, wir hungern. Wir müssen mehr einheimische Pflanzen anbauen.

Ernst *(notiert die Aufgabe):* 3. Nahrung für alle

Ein asiatisches Mädchen ♀ *(im Podium, meldet sich):* Wir brauchen menschenwürdige Unterkünfte. Wir wollen weg aus unseren Wellblechhütten.

Ernst *(notiert die Aufgabe):* 4. Wohnungen für alle

Ein afrikanischer Junge ♀ *(im Podium, meldet sich):* Wir brauchen mehr Wissen. Wir müssen Schulen bauen.

Ernst *(notiert die Aufgabe):* 5. Bildung für alle

Das asiatische Mädchen ♀ *(im Podium, meldet sich):* Wir müssen den Reichtum der Erde neu umverteilen. Wir brauchen Gerechtigkeit.

Ernst *(notiert die Aufgabe):* 6. Gerechtigkeit für alle

Ein peruanisches Mädchen ♀ *(auf der Treppe spricht leise):* Wind, Sturm kommt auf.

Wind zieht auf. Die Wimpel beginnen im Wind zu flattern. Über die Bildschirme kommen weltweite Grußbotschaften von Regierungen einzelner Nationen und etablierter Organisationen mit Angeboten zur Zusammenarbeit.

Ernst *(unterbricht die Verbindung zu den Bildschirmen):* Wir müssen uns jetzt auf uns konzentrieren. Wir wollen zunächst unsere Ziele definieren. Zusammenarbeiten sollten wir später organisieren. Viele Organisationen und Regierungen haben ohnehin die letzten Jahrzehnte versagt.

Ihr, die Kinder der Erde, habt jetzt das Wort.

Ein afrikanischer Junge ♀ *(im Podium, meldet sich):* Wir müssen die Müllhalden beseitigen bei uns auf dem Feld und im Meer.

Ernst *(notiert die Aufgabe):* 7. Globaler Umweltschutz

Ein europäischer Jugendlicher ♀ *(im Podium, meldet sich):* Ich glaube wir müssen unseren Regierungen, den Glauben an das unbegrenzte Wachstum ausreden. Wir brauchen sinnvolles Wachstum. Sinnvoll für die Menschen und unseren Planeten.

Ernst *(notiert die Aufgabe):* 8. Steuerung des globalen Wachstums

Ja, die Stabilisierung der Weltbevölkerung und Steuerung der Migrationsbewegungen auf unserem Planeten sind, glaube ich, sehr wichtig, um für alle Menschen ähnliche Lebensbedingungen zu schaffen.

Ein südamerikanischer Junge ♀ *(auf der Steintreppe, meldet sich):* Die Kupfermine hinter meinem Dorf vergiftet die Menschen. Wir leben in Armut und sterben.

Ernst *(notiert die Aufgabe):* 9. Sinnvolle, umweltverträgliche Nutzung der Ressourcen der Erde.

Die Bodenschätze müssen den Menschen nutzen, in deren Erde sie gefunden werden.

Der Wind verstärkt sich. Die Wimpel flattern im Wind.

Ernst *(kontrolliert die Bildschirme):* Wir müssen uns weltweit über alle elektronischen Medien vernetzen. Wer von euch könnte das übernehmen?

Ein amerikanischer Jugendlicher *(mit Laptop und Basecap kontrolliert die Bildschirme und tippt auf seinem Handy, meldet sich):* Ich mache das.

Über die Bildschirme kommen weltweite Corona-Warnungen. Menschen mit Atem-Masken sind zu sehen und ein mehrsprachiges Stimmengewirr.

Das schwedische Mädchen ♀ *(im Podium, meldet sich, setzt selbst eine Maske auf):* Entschuldigt, ich muss zurück zu meinen Freunden, die nächste Aktion organisieren. Wir sind ja ohnehin laufend in Verbindung. Bleibt stark Kinder.

Wir können es schaffen.

Greift zum Handy, telefoniert und verlässt das Podium

Ernst: Ich habe einige wichtige Punkte notiert. Wir senden sie euch allen über WhatsApp. *(beugt sich zu dem amerikanischen Jugendlichen und übergibt ihm seinen Laptop)*

Ich glaube der Wind nimmt zu.

Das peruanische Mädchen ♀ *(auf der Treppe spricht leise):* Sturm kommt.

Das asiatische Mädchen *(im Spot):*

Ich glaube, mit den Ergebnissen des ersten Treffens können wir zufrieden sein. Das Mädchen hat es gespürt, ein Sturm zieht auf.

Bleibt stark. Bleibt alle gesund. Grüßt eure Eltern und Großeltern.

Wir werden es schaffen.

Der Wind wird zum Sturm. Einige Wimpel-Ketten reißen ab, die Fahnen flattern.

Ein kleines Mädchen *(im Spot)*:

Müssen wir jetzt sterben? Verschwindet das Licht jetzt für immer?

Seine Mutter *(im Spot)*:

Nein, hab keine Angst. Wir müssen heute noch nicht sterben.

Jetzt noch nicht.

Ich bin bei dir.

Der Wind wird stärker. Wimpel-Ketten reißen ab, die Leinwand wird zerfetzt.

Die Veranstaltung löst sich auf. Die Menschen setzen alle Masken auf, nehmen die zerfetzten Fahnen und gehen gemeinsam in Richtung Sonne hinter dem Berggipfel des Machu Picchu.

Aus der Ferne hört man die Ode an die Freude.

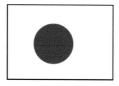 

Ende *des 3. Aktes*

4. „Gott" und das Licht

Ernst hatte schon viel über „*Gott*", das Universum und das All nachgedacht („*Orbitaltheorie P21*"). In seinem Modell nahm er an, dass sich die Erde in unserem Sonnensystem bewegt, das wiederum, neben vielen anderen Sonnensystemen, Bestandteil unseres Universums ist, welches in einer noch viel größeren Struktur, dem All, beheimatet ist.

Natürlich suchte er als Mensch auch nach Bildern für das „*Unerklärbare*". Es war sein Versuch zur Annäherung an das „*Unfassbare*"
(im Sinne nicht anfassbar).

Das „*Bilderverbot*" der Muslime konnte er durchaus verstehen, denn für „*Gott*" kann es kein konkretes Bild geben.

Für Ernst war „*Gott*" etwas, was in allem ist, was alles durchdringt, was überall anwesend ist, eine geheimnisvolle, für uns Menschen unergründbare Energie, für die es schwer ist, einen Namen zu finden.

Lasst uns diese Energie „*Gott*" nennen, oder findet selbst einen treffenderen Namen.

Ob die Menschen dabei an einen Gott, an viele Götter oder an keinen Gott glauben ist für diese Energie unerheblich.

Immerhin zeigten die unterschiedlichen Glaubensrichtungen die riesige Bandbreite der menschlichen Fantasie.

Wenn manche Menschen Geschichten mit märchenhaften Figuren erzählen transportieren sie eigentlich nur ihre Sehnsüchte, Wünsche und Vorstellungen aus der menschlichen Welt in einen Raum, in dem wahrscheinlich völlig andere, „*unmenschliche*" Gesetze gelten.

Deshalb ist dort auch alles möglich, auch das in unserer menschlichen Welt „*Unvorstellbare*". Der Glaube jedes einzelnen Menschen war für Ernst deshalb unantastbar.

Ernst wollte nochmals neu ansetzen und begab sich gedanklich außerhalb der Erde in den kosmischen Raum.

Er begann die Suche nach dem „*Einigenden Element*" und zeichnete am PC:

Ernst wusste einiges über das Licht, wusste aber auch, dass er über das Licht „*Nichts*" wusste, wie alle Menschen.

Ihm gefiel besonders sein dualer Charakter, dass es zwischen Welle *(Energie)* und Teilchen beliebig wechseln konnte, bzw. beides gleichzeitig war.

Ernst hatte eine Vorliebe für Hybride, da er die gesamten kosmischen Zyklen als alternierende Spaltungs- und Fusionsreaktionen betrachtete. Als Vorbild orientierte sich Ernst, für ihn naheliegend, am Menschen selbst.

Jeder Mensch entsteht durch Hybridisation der mütterlichen und väterlichen „*Superinformationen*". Im Laufe seiner Entwicklung bildet er durch Spaltung von „*Ur-Quanten*" Gameten, die die eigene „*Superinformation*" enthalten, erneut zur Hybridisation befähigt sind und seine Fortpflanzung ermöglichen.

Als Fotograf war er ohnehin der Magie des Lichts, die durch keine menschliche Formelwelt darstellbar ist, machtlos verfallen.

Ernst wollte nochmals nach dem Licht im All und seiner Beziehung zu „*Gott*" suchen.

Er begann mit grundlegenden Fragestellungen:

Wie sind unser Sonnensystem und Universum aufgebaut?

Von unserem Sonnensystem, unserer „*direkten*" Umgebung, kennen wir z.B. die Anzahl, Größen und Entfernungen der Planeten, die Form und Neigungswinkel ihrer Umlaufbahnen und deren Umlaufzeiten um die Sonne.

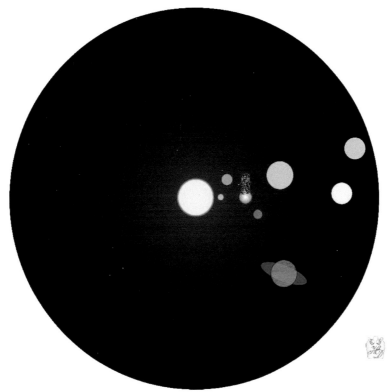

Grafik: **Unser Sonnensystem** *(schematisch)*

Merkur, Venus, Erde (blau), Mars, Jupiter, Saturn, Uranus, Neptun umkreisen die Sonne

In der schematischen Darstellung kann man natürlich nicht die wirklichen Größenverhältnisse und Abstände abbilden *(z.B. Planetendurchmesser, Radien der Umlaufbahnen, Positionen der Planeten zueinander)*.

Ernst entschloss sich, wenigstens die Durchmesser der Sonne und der Planeten anzugeben:

Sonne: 1.4 Mio. km, **Merkur:** 4879 km, **Venus:** 12.104 km, **Erde:** 12.756 km, **Mars:** 6794 km, **Jupiter:** 142.984 km, **Saturn:** 120.536 km, **Uranus:** 51.118 km, **Neptun:** 49.528 km

In unserm Sonnensystem kreisen die acht Planeten Merkur, Venus, Erde, Mars, Jupiter, Saturn, Uranus und Neptun um einen zentralen Stern, die Sonne.

Sie spendet auch der Erde, uns Menschen, Licht und Wärme.

Unser Sonnensystem ist ca. 4.57 Mrd. Jahre alt und entstand in unserem Universum, das wahrscheinlich durch einen Urknall, vor 13,8 Mrd. Jahren gebildet wurde. Unterdessen liegen genaue Daten wie z.B. Umlaufbahnen, Monde, Massen, Rotationsdaten, Bewegung der Planeten innerhalb unseres Sonnensystems und Bewegungsdaten des Sonnensystems in unserem Universum vor.

Der Abstand des äußersten Planeten unseres Sonnensystems **Neptun** von der Sonne beträgt 4495 Mio. km. Noch weiter entfernt *(ca. 8000 Mio. km)* umkreisen Zwergplaneten und Kometen die Sonne.

Man stelle sich vor, dieses Gesamtkonstrukt aus tausenden, sich um sich selbst und um die Sonne drehenden Materieklumpen bewegt sich mit wahnsinniger Geschwindigkeit in unserem Universum, in dem sich Millionen solcher „Sonnensysteme" bewegen. Die Richtung und Geschwindigkeit der Bewegung unseres Sonnensystems in unserem Universum wurde unterdessen berechnet.

Menschen haben, mittels ihrer technischen Möglichkeiten, erstaunlich genau Phänomene des uns umgebenden Universums vermessen, sie beobachten weit entfernte Sterne, deren Licht vielleicht schon erloschen ist, suchen Schwarze Löcher, Supernovas und Exoplaneten, schießen Astronauten auf den Mond und Erkundungsroboter auf den Mars...

Sie sprechen von „Roten Riesen" und „Weißen Zwergen" und finden Orte wo Sterne explodieren oder im „Nichts" verschwinden.

Ihre Berichte klangen für Ernst nicht weniger märchenhaft und spannend als die Religions-Geschichten und Kindermärchen.
Alles ist von Fantasie getrieben.

Der Mensch wird niemals in der Lage sein, die „Grenzen" unseres Universums *(Ausdehnung (beobachtbar): 46,5 Mrd. Lichtjahre)* zu erreichen, noch zu erfahren, was dahinter, im All, existiert.

Ernst bevorzugte für die Darstellung seines Universums ein Kugelschalenmodell.
Ihm gefiel der Gedanke, dass jedes Universum von mehreren, für Energie und Informationen, differenziert durchlässigen Schichten im All abgegrenzt sein könnte *(„Orbital-Käfige", sh. „Orbitaltheorie P21")*.
Die innerste Schicht zeichnete er in Gelb, um anzudeuten, dass möglicherweise das Licht des Universums in dieser Kugelschale gefangen ist *(wie in einer innen verspiegelten Kugel)* und uns Menschen der Blick durch diese Schicht hindurch für ewig versperrt sein wird.

Er sah Kinder mit regenbogenfarbenen Seifenblasen spielen, die vom Wind verweht wurden und danach im Raum zerplatzten und lächelte.

Ernst ergänzte sein All mit weiteren Universen, fusionierenden Energieräumen und „Monster"-Konstrukten" (sh. auch „Orbitaltheorie P21").

In seinem All war genügend Platz für unendlich viele Universen, für Naturwissenschaft und auch „Götter", Platz für unendliche Fantasie.

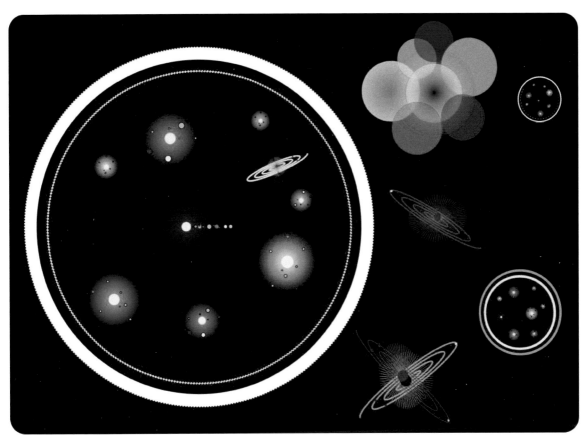

Grafik: **Unser Universum im All**

All: *äußerer dunkler Raum*
weitere Universen, fusionierende Energieräume, „Monster"-Konstrukte

Unser Universum: *große, innere schwarze Kugel, links*
7 weitere Sonnensysteme, 1 Supernova
Unser Sonnensystem *(rot)*: *im Zentrum unseres Universums*

Die Erde befindet sich dabei im virtuellen Zentrum unseres Universums. Von dort aus spähen menschliche Augen neugierig, radial ins Dunkel *(kleiner „Blauer Planet" mit Menschen)*.

Die technischen Möglichkeiten der menschlichen Messungen enden zurzeit bei einer Entfernung von 46,5 Mrd. Lichtjahren.

Wird es noch „Augen", von anderen Wesen, gar von anderen Menschen geben, die versuchen uns zu finden?

Angesichts dieser, den menschlichen Verstand überfordernden, kosmischen Dimensionen konnte Ernst sehr leicht die fantasievollen Geschichten der Menschen über ihre „Götterwelten" akzeptieren.

Schon beim Betrachten aktueller, computeranimierter Filme über das Weltall kamen ihm die „Religionsgeschichten" ohnehin sehr einfach und „menschlich" vor.

Wie lange könnte der Mensch noch auf der Erde leben?

Nach den Berechnungen der Astrophysiker und Kosmologen wäre die Erde noch ca. 500-900 Mio. Jahre von Menschen bewohnbar *(Grafik: Orbit_{Mensch}:*

gelbes Quadrat(Lebensraum) + gelber Kreis (Seelenraum)).

Danach erwärmt sich die Erdoberfläche durch Erhöhung der Leuchtkraft der Sonne auf über 30°C und höheres Leben wird unmöglich. Der Lebensraum der Menschen (gelbes Quadrat) wird zerstört.

In 1,9 Mrd. Jahren beträgt die Oberflächentemperatur der Erde über 100°C und die Ozeane verdampfen. Dadurch wird auch der Lebensraum niederer Lebensformen zerstört (grünes Quadrat). *(Grafik: Übergang vom grünen Orbit (Leben) auf den ockerfarbenen Orbit(Erde)).*
Der „Blaue Planet" hat seine, durch das Wasser gewonnene, Farbe verloren.

In fünf bis sieben Mrd. Jahren werden die Planeten Merkur Venus und Erde durch Annäherung an die Sonne (Aufblähung zum „Roten Riesen") zerstört. Der Orbit der Erde wird vernichtet (Lebensraum: ockerfarbenes Quadrat).

Damit sind die Lebensräume des Orbit in Orbit- Systems **Mensch/Leben/Erde** ca. 11.5 Mrd Jahre nach der Entstehung der Erde komplett zerstört.

Zuerst „stirbt" der Mensch, danach das Leben und danach die Erde.

Ernst verwendete zur grafischen Darstellung sein Orbit in Orbit-Modell
(dezentrales OinO-Modell, Kugel/Würfel-Modell, „Orbitaltheorie P21").

Im Modell wird eindrucksvoll deutlich:

Das menschliche Leben ist nur eine winzige Episode im kosmischen Lebenslauf unseres Planeten Erde und unseres Universums.

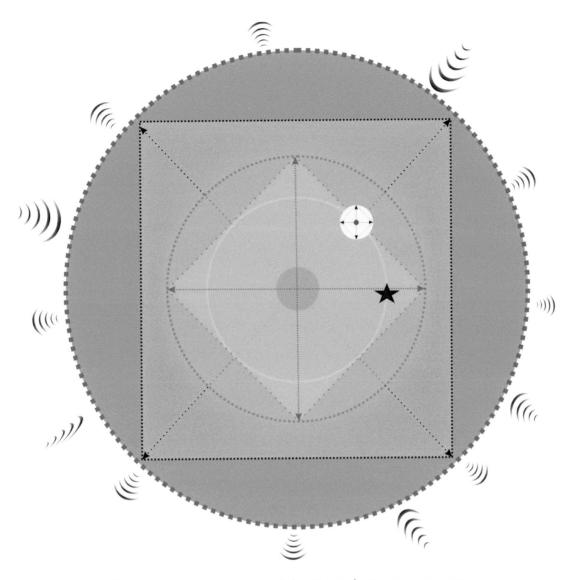

Grafik: **Die Erde, das Leben und der Mensch** *(OinO-Modell, Zeit-Energie-Achsen)*

 *Heutiger Zeitpunkt*

Erde: *Entstehung vor 4,5 Mrd. Jahren (Zentrum, schwarz, überdeckt)*
$r_{Lebensorbital}$ = *11,5 Mrd. Jahre: danach Verschmelzung mit der Sonne*
Lebensraum/Seelenraum*(Orbit)* ockerfarbenes Quadrat/Kreis

Leben: *Entstehung vor 3,5 Mrd.*
$r_{Lebensorbital}$ = *4,4 Mrd. Jahre: danach Erd-Oberflächentemperatur > 100°C*
Lebensraum/Seelenraum*(Orbit)* grünes Quadrat/Kreis *(transparent)*
Verdampfen der Ozeane in 1,9 Mrd. Jahren

Mensch: *Entwicklungsphase vor 200.000Jahren*
$r_{Lebensorbital}$ = *904 Mio. Jahre: danach Erd-Oberflächentemperatur > 30°C*
Lebensraum/Seelenraum*(Orbit)* gelbes Quadrat/Kreis

Außen: *Kommunikation mit Kosmen, Universum, All*

FICTION FOTOGRAFIE *(Paula/Ernst, 2020)*: „**Der Blick**"

Licht und Dunkelheit (1)

Gibt es eine Dunkelheit
Die dunkler ist als dunkelstes Dunkel
Dunkler als menschlicher Geist sich vorstellen kann
Ich denke ja
Die Nacht ist dann nur ihr Schatten

Gibt es ein Licht
Das heller ist als hellstes Hell
Heller als menschlicher Geist sich vorstellen kann
Ich denke ja
Der Tag ist dann nur sein Schatten

Licht und Dunkelheit
Seid ihr ein gemeinsames Wesen
Das wir Menschen nie sehn
Nie fühlen
Nie riechen
Nie schmecken
Nie hören
Nie verstehen werden

Tag und Nacht
Seid ihr nur für uns gemacht
Damit wir ahnen
Seine inneren Farben

Für den letzten Tag
Und die letzte Nacht

FICTION FOTOGRAFIE *(Paula; Ernst, 2020):* **„Leben"**

Was ist Licht?

Ernst, als früherer Molekularbiologe, hatte sich natürlich Gedanken über die Entstehung des Lebens gemacht, darüber nachgedacht, ob Leben auch ohne Licht entstanden wäre und wie die Wahrscheinlichkeit der Existenz von außerirdischem Leben in unserem Universum zu berechnen wäre. Als Student versuchte er gemeinsam mit seinen Freunden an der Universität z. B., die Werke von Manfred Eigen *(1927-2019, 1967 Nobelpreis für Chemie)* nach begreifbaren Ansätzen zur Evolution biologischer Systeme zu durchforsten.

Heute, im Nachhinein, fiel ihm eher auf, dass sich die meisten Physiker, Mathematiker, Chemiker, Biologen… so tief in ihr wissenschaftliches Formelwerk vergraben, dass sich damit ihr Spielraum für außerhalb ihrer Theorien liegende, rein fantastische Denkansätze, extrem verkleinert bzw. komplett verbietet. Immerhin wenn die Theorien nicht mehr weiterführten, kam bei vielen auch „*Gott*" ins Spiel, wenigstens zeitweise.

Zurück zum Licht, Ernst wählte den einfachsten, konkreten Ansatz für unsere Erde und versuchte in groben Schritten zu vereinfachen:

Ohne Licht gäbe es keine Photosynthese, oder eher keine Organismen *(z.B. grüne, chlorophyllhaltige Pflanzen)*, die zur Photosynthese in der Lage wären. Ohne Pflanzen, die wir essen können und die Sauerstoff produzieren, gäbe es auch keine Menschen.

Gäbe es ohne Licht auch generell kein Leben und damit keine Evolution?

Auf jeden Fall nicht Leben, was wir Menschen als Leben definieren!

Ernst ließ die Türen für seine Fantasie weit offen.

Ist ein Leben ohne Helligkeit und ohne Wärme für uns vorstellbar?

Für uns Menschen nicht. Auch dafür sorgt das Licht. Ernst dachte mit Erschrecken an den schmalen Temperaturbereich, in dem menschliches Leben möglich ist und unsere Sehnsucht nach den Strahlen der aufgehenden Sonne. Er blickte zum Himmel und wusste, dass es ohne Licht keinen Blick zu den Sternen, keine Astronomie und auch keine Informationen über die uns umgebende Welt geben kann.

Licht, Licht, Licht…

Licht ist eine göttliche Energie, sie speist auch unseren Geist, unsere Poesie und Fantasie.

„*Gott*" wusste, was er tat, als er nach Himmel und Erde sofort das Licht erschuf, besonders für uns Menschen.

Jeder Mensch kommt, spätestens wenn er geboren wird, mit dem Licht in Berührung, macht sich seine Gedanken darüber und baut eine emotionale Beziehung zum Licht auf.

Einigen der Milliarden Menschen war es vergönnt, bzw. sie waren dazu verdammt, tiefere Fragen zu stellen und mit ihrem Geist ihre Antworten auf diese Fragen in menschliche Formeln zu gießen. Sie woben ein verästeltes System von voneinander abhängigen Gleichungen und versuchten eine Erklärung der sie umgebenden Welt. Sie nannten vieles davon „*Naturgesetze*" und prüften diese auf „*Wahrheit*" und ihre „*sinnvolle*" Verwendung für das Leben der Menschen im Streben nach dem vollständigen Verständnis der Welt. Dabei wurde vielen schnell klar, dass der menschliche Geist, der eigentlich auch eine Form von Licht ist, die Unendlichkeit des Alls niemals erfassen kann. Diese Menschen werden z.B. „*Denker*" und „*Wissenschaftler*" genannt.

Ernst bemühte eine, sicher unvollständige, Tabelle um einige der Wissenschaftler die versucht haben, das Phänomen „*Licht*" in Formeln zu gießen, aufzulisten.

Name	Zeit	Leistungen auf dem Gebiet *„Lichtforschung"*
Hans **Lipperhey**	1570-1619	*1608* Erfindung des Fernrohres
Galileo **Galilei**	1564-1642	Einfache Fernrohre und Teleskope *(Jupitermonde)* Beobachtung von Sonnenflecken *(1610)*
Christiaan **Huygens**	1629-1695	Elementarwellen, Überlagerung *(Superposition)* Huygens-Fresnel-Prinzip, Teleskopbau *(Jupitermonde)*
Antonie **Van Leeuwenhoek**	1632-1723	Bau und Nutzung von Lichtmikroskopen Linsenschliff *(Optimierung)*
Isaac **Newton**	1643-1727	Zerlegung von weißem Licht in Regenbogenfarben mittels Glasprismen, Brechung *(1671)* 3. Newtonsche Gesetze *(klassische Mechanik)*
Thomas **Young**	1773-1829	Doppelspaltexperiment, Interferenz von Lichtwellen *(1802)*
Augustin **Fresnel**	1788-1827	Wellentheorie des Lichts, Optik
Michael **Faraday**	1791-1867	Licht und Magnetismus sind verbunden *(1846)* Magneto-optischer Effekt
James Clerk **Maxwell**	1831-1879	Theorie der elektromagnetischen Strahlung Maxwell-Gleichungen *(1861-1864)* Erste Farbfotografien
Thomas **Edison**	1847-1931	Elektrische Glühbirne *(Patent 1879)*
Joseph **Thomson**	1856-1940	Entdeckung des Elektrons *(1897)* *(Nobelpreis 1906), „Rosinenkuchenmodell"*
Max **Planck**	1858-1947	Planck'sches Wirkungsquantum (h, $E = h \times f$, *1900*) Begründer der Quantenphysik *(Nobelpreis 1918)*
Ernest **Rutherford**	1871-1937	Goldfolienexperiment, Entdeckung des Protons *(1919)* Atommodell *(Nobelpreis 1908)*
Albert **Einstein**	1879-1955	Der fotoelektrische Effekt *(Nobelpreis 1921)* Relativitätstheorie
Niels **Bohr**	1885-1962	Atomstruktur, Quantenmechanik *(Nobelpreis 1922)* Linienspektrum (Wasserstoffatom, *1915*)
Louis **de Broglie**	1892-1987	Materiewellen *(Nobelpreis 1929)* Welle-Teilchen-Dualismus
Friedrich **Hund**	1896-1997	Tunneleffekt *(1926/27)*
Werner **Heisenberg**	1901-1976	Unbestimmtheitsprinzip Quantenmechanik *(Nobelpreis 1932)*
Erwin **Schrödinger**	1887-1961	Schrödingergleichung Quantenmechanik *(Nobelpreis 1933)* Farbwahrnehmung, Farbräume
Wolfgang **Pauli**	1900-1958	Pauli-Prinzip *(Belegung der Orbitale mit Elektronen, Spin)*
John Stewart **Bell**	1928-1990	Quantenverschränkung Bellsche Ungleichung *(1964)*

Tabelle: **Lichtforschung**

Die heutige Sichtweise auf das Licht wurde maßgeblich von Max Planck und Albert Einstein geprägt. Sie beschrieben den Welle-Teilchen-Dualismus des Lichts in ihrer Quantenhypothese.

Das Licht wird nicht mehr ausschließlich als Teilchen oder Welle beschrieben, sondern als Quantenobjekt. Licht vereint dabei die Eigenschaften von Welle und Teilchen, entzieht sich allerdings unserer Anschauung, da es keines von beiden konkret ist *(Quantenphysik, Quantenelektrodynamik)*.

Dabei irrten selbst Nobelpreisträger.

Z. B.: Sind heute verschränkte Quantenobjekte mit dauerhafter Bindung über beliebig große Entfernungen, die sogar Einstein als *„spukhafte Fernwirkung"* einstufte, bewiesene Quantenphysik.

Ernst sinniert über Licht und Dunkelheit

Als Ernst die Tabelle betrachtete fiel ihm auf, dass viele der grundlegenden Forschungsergebnisse zum Licht und zur Quantenphysik schon vor ca. 100 Jahren erzielt wurden.

Was wissen wir wirklich über das Wesen des Lichts?

Wahrscheinlich sehr, sehr wenig.

Aber was wissen wir über die Dunkelheit?

Wo sind die Nobelpreise für die Formeln der Dunkelheit, für dunkle Materie, für dunkle Energie?

Hat Dunkelheit auch eine Geschwindigkeit oder ist sie einfach nur da, wenn es kein Licht gibt?

> Ernst dachte an frühere Experimente in seinem molekularbiologischen Institut mit Krallenfröschen. Die Frösche wurden jahrelang von seinen Kollegen nach der Eientnahme mit frischen Wunden in verschmutztes Wasser zurückgesetzt, ohne dass diese an einer Infektion starben. Hunderte „Krallenfrosch-Züchter" hatten Jahrzehnte die Tatsache als normal hingenommen, bis einige stutzten. Im Anschluss fanden sie in der Haut von Fröschen hunderte neue Antibiotika-Moleküle.

Vielleicht liegt das Geheimnis von Licht und Dunkelheit auch direkt vor unseren Augen?

Ernst betrachtete seine *„Farb-Mischgrafik"* und begann sich seine eigenen Gedanken über das Rätsel *„Licht und Dunkelheit"* zu machen.

Zunächst sammelte er nochmals Daten.

Einige physikalische Daten von Licht

Licht ist physikalisch eine elektromagnetische Strahlung *(Energieform)*.

Als Ernst eine Grafik betrachtete, die das Gesamtspektrum der elektromagnetischen Wellen zeigte, wurde ihm nochmals klar, wie eingeschränkt das menschliche Wahrnehmungsvermögen ist.

Das Gesamtspektrum umfasst einen riesigen Wellenlängenbereich, der von

10^{-15} m   bis 10^7 m

Femtometer (fm), Höhenstrahlung   *10^4 km (Mm), niederfrequente Wechselströme*

reicht.

Die Messtechnik für das gesamte Spektrum der elektromagnetischen Wellen wird ständig verbessert.

Das sichtbare Licht nimmt darin den winzigen Bereich von ca. 380nm bis 780nm ein und liegt zwischen Röntgenstrahlung, Ultraviolett-Strahlung *(UV)* auf der kurzwelligen Seite und Infrarot-Strahlung *(IR)*, Mikrowellen und Radiowellen auf der langwelligen Seite.

Das menschliche Auge ist darauf optimiert, sichtbares Licht wahrzunehmen

Und dieser schmalste Ausschnitt des Spektrums der elektromagnetischen Strahlung offenbart schon solch eine Pracht und Herrlichkeit unserer Welt!

Was würde ein „*Auge*" sehen, das gleichzeitig das gesamte Spektrum der elektromagnetischen Wellen erkennen könnte?

Ernst verdrängte den Gedanken und dachte an die Bildchen in seinen früheren Protokollheften und die Insassen der Nervenklinik seines Heimatdorfes. Auch hier überholt die Dimension der Unendlichkeit den menschlichen Geist.

Die Menschen haben anhand anatomischer Untersuchungen von Tieraugen
(z.B. Insekten, Vögel, Fische, Säugetiere) simuliert, wie einzelne Tiere nach unserem Verständnis „*sehen*". Danach entstehen in ihren „*Gehirnen*" teils nur verschwommene Farbkleckse als Abbildung der sie umgebenden Welt.

Die Gesamtheit der Wahrnehmungen eines anderen Wesens ist, nach Ernsts Meinung, ohnehin nicht von Menschen darstellbar, da diese die komplexe individuelle Sensorik nie vollständig begreifen können.

Wie zur Bestätigung schlug ein Sperber direkt vor Ernsts Fenster im Vogelhaus ein, demonstrierte sein genial genau gesteuertes Flugvermögen und präsentierte das perfekte Zusammenspiel der einzelnen Teile seines Körpers und die Leistungsfähigkeit seiner Sensorik, einschließlich seiner millimeterpräzisen Augen. Ernst Gedanken schweiften ab zu den Augen des dem Sperber nur knapp entwischten Rotkehlchens, die in der Lage sind, das Magnetfeld der Erde zu erkennen und damit die Routen ihrer Zugwege genau zu bestimmen *(Sensorik in den Augen, Quantensensor: verschränkte Elektronen)*. Vielleicht hatten sie ihm auch diesmal genutzt.

Das Sonnenlicht entsteht durch eine Fusionsreaktion von Wasserstoffkernen zu Heliumatomen *(Proton-Proton-Reaktion)* auf der Sonne, die eigentlich wegen der hohen Abstoßungskraft der Protonen gar nicht stattfinden dürfte. Zum Glück für Zweifler konnte sie durch den „*Tunneleffekt*" *(Fr. Hund 1926)* einigermaßen erklärt werden.

Die Temperaturen im Sonneninneren soll 15 Millionen Grad und an der Sonnenoberfläche mehrere tausend Grad (ca. 6000°C) betragen.

Das Maximum der Sonnenstrahlung liegt im sichtbaren Bereich des elektromagnetischen Strahlungsspektrums. Das menschliche Auge wurde während der Evolution für die Auswertung dieser Informationen optimiert.

Erweitert bezeichnen wir als „Licht" den für uns sichtbaren Bereich des Spektrums, einschließlich des Ultraviolett *(UV)*-Lichts auf der kurzwelligen Seite und des Infrarot *(IR)*-Lichts auf der langwelligen Seite des Spektrums.

Wir nehmen die Intensität des Lichtes als Helligkeit, das Spektrum des Lichts als Farbe wahr.

Dabei senden **thermische Strahler** *(z.B. die Sonne, Kerzenflamme, Glühdraht)* ein kontinuierliches Farbspektrum aus *(von violett bis rot, Wärmebewegung der Teilchen)*.

Wellenlänge 600nm   300nm

Grafik: **Kontinuierliches Farbspektrum**

Nichtthermische Strahler *(z.B. Leuchtdioden, Polarlichter, Leuchtkäfer)* senden ein diskontinuierliches Farbspektrum *(Linienspektrum, elektrischer Strom, Teilchenstrahlung, chemische Reaktionen)* aus, wobei man einzelne Stoffe anhand ihrer für sie charakteristischen Linienspektren

(Bandenspektren, Emissionsspektren) identifizieren kann.

Laser-Licht besteht fast nur aus Licht einer Wellenlänge *(monochromatisch)*.

Die Ausbreitungsgeschwindigkeit des Lichtes *(Lichtgeschwindigkeit Vakuum)* beträgt 299.792.458 m/s.

Wenn Licht auf Materie trifft kann es zu unterschiedlichen Wechselwirkungen kommen: *Streuung, Reflexion, Brechung, Verlangsamung und Absorption*.

Die Physik hat versucht, dem komplexen Charakter des Lichts durch seine Beschreibung in unterschiedlichen Modellen gerecht zu werden *(Strahlenoptik, Wellenoptik, Quantenphysik, Quantenelektrodynamik)*.

Physik	Licht	Phänomen
Theorie	*Lichteigenschaften*	*z.B.*
Strahlenoptik	Ausbreitung als Licht-strahl, geradlinig	Reflexion, Brechung
Wellenoptik	Ausbreitung als Welle	Beugung, Interferenz
Quantenphysik	Photonenstrom (gequantelte Licht-partikel)	Fotoeffekt *(z.B. Photonen schlagen Elektronen aus Materialien)*, Fotozelle
Quantenelektro-dynamik	Berücksichtigung aller Eigenschaften, Quanten	Komplexer Charakter des Lichts

Tabelle: **Physikalische Lichtmodelle**

Eine wichtige Erkenntnis für Ernst, aus den Forschungsergebnissen zu Licht und den wissenschaftlichen Erklärungsversuchen seiner komplexen Eigenschaften war, dass man dem Charakter des Lichts am nächsten kommt, wenn man diese der realen, für uns Menschen leicht verständlichen, Welt entzieht und in eine Welt der Quanten verlagert, die eigentlich mehr in Rechnern stattfindet, als im Gehirn des Menschen.

Dunkelheit (1)

Die Wahrscheinlichkeit, dass Du in allem bist
Ist hoch
Die Wahrscheinlichkeit, dass Du im Nichts bist
Ist hoch

Die Wahrscheinlichkeit, dass Du immer bist
Ist hoch
Die Wahrscheinlichkeit, dass Du nie bist
Ist hoch

Die Wahrscheinlichkeit, dass Du in mir bist
Ist hoch
Die Wahrscheinlichkeit, dass Du im Licht bist
Ist hoch
Die Wahrscheinlichkeit, dass Du das Licht bist
Ist hoch

Die Wahrscheinlichkeit, dass Wir Deine Formel finden
Ist gering
Aber nicht Null

Aber wozu?

FICTION FOTOGRAFIE *(Ernst, 2021)*: *„**Die Dunkelheit**"*

Licht und Dunkelheit und die Farben

Ernst entwarf einen eigenen Farbmischversuch in seinem Grafikprogramm:

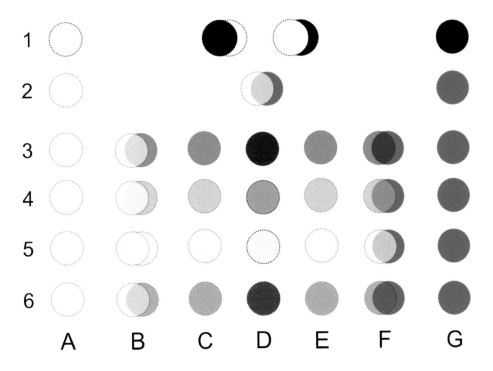

Grafik: **Licht und Dunkelheit und die Farben**

Koordinaten:
1/D Zustand Licht und Dunkelheit gleichzeitig   100%
(links Dunkelheit vor Licht, rechts Licht vor Dunkelheit, teilweise überdeckt)
1/A Licht und 1/G Dunkelheit getrennt
(links 1/A 100% Licht, rechts 1/G 100% Dunkelheit)
2/A Licht *(weiß, 50% Transparenz)*, 2/G Dunkelheit *(schwarz, 50% Transparenz)*
2/D Hybrid aus Licht und Dunkelheit *(jeweils 50% Transparenz, teilweise überdeckt)*
3-6/D Farben Blau, Grün, Gelb, Rot *(100%)*, 3-6C und E *(50% Transparenz)*
3-6/B Farbmischungen mit Licht *(weiß, je 50%Transparenz, teilweise überdeckt)*
3-6/F Farbmischungen mit Dunkelheit *(schwarz, je 50% Transparenz, teilweise überdeckt)*
2-6/A Licht *(weiß, 50% Transparenz)*
2-6/G Dunkelheit *(schwarz, 50% Transparenz)*

Als Ernst die Abbildung (Koordinaten1/D) betrachtete, kam er auf das Thema Licht und Dunkelheit zurück *(„Orbitaltheorie P21")* und dachte an seine lustige Abbildung:

Yin und Yang *(„Schrödin und Schrödang", S.44)* in diesem Text.

„Gott" schuf laut „Altem Testament" *(1. Mose 1,3 und 1,4)* den ersten Tag und die erste Nacht, **indem er Licht und Dunkelheit trennte**.
Grafik: 1/D wird zu 1/A und 1/G.

Er stellte sich wieder Fragen: Wie könnte der Zustand vor der Trennung ausgesehen haben? Wie kann man Licht von Dunkelheit trennen?

Licht und Dunkelheit in einem Zustand *(Grafik Koordinaten1/D)*? Dabei würde sowohl das Licht die Dunkelheit komplett auslöschen *(1D, rechts)*, wie auch umgekehrt die Dunkelheit das Licht *(1D, links)*.

Durch den PC-Trick, die Transparenz auf 50% zu setzen wurden jetzt unterschiedliche Farbmischungen mit Licht *(3-6/B)* und Dunkelheit *(3-6/F)* darstellbar.

Ernst kam zunächst auf die Idee, Licht und Dunkelheit als Teilchen darzustellen, die sich zwar umgeben, aber nicht ineinander eindringen können.

Schließlich, nach erneuter Betrachtung seines virtuellen Farbmischversuches und seiner mittels eines Grafikprogrammes am PC erstellten Modelle, würde er sogar noch einen Schritt weiter gehen und das Licht und die Dunkelheit als gemeinsames Quanten-Objekt darstellen wollen.

Die Fantasiemaschine in seinem Kopf war angesprungen, er wusste, dass diese nicht stoppen würde, bis eine einigermaßen plausible Lösung in Sicht war. Ernst hoffte damit auch einen Beitrag zu der endlosen und bisher erfolglosen Diskussion um **„Dunkle Materie"** und **„Dunkle Energie"** zu leisten.

Vielleicht kann Licht die *„Kügelchen der Dunkelheit"* durchdringen,
aber Dunkelheit nicht die *„Kügelchen des Lichts"*
(Energie-Räume, Energie-Kugeln)?

Sind Photonen diese *„Kügelchen des Lichts"*, fragte sich Ernst, suchte aber trotzdem zwei neue Namen für die Energie-Kugeln.

Er blätterte zunächst im griechischen, deutschen und norwegischen Wörterbuch, benannte die *„Kügelchen der Dunkelheit"* danach spontan als **„Darkosomen"** und die *„Kügelchen des Lichts"* als **„Lightosomen"** in Anlehnung an die englische Sprache.

Die Trennung von Darkosomen von Lightosomen

Ernst begann am PC zu zeichnen und nachzudenken.

Wie kann man Licht *(Lightosomen)* und Dunkelheit *(Darkosomen)* trennen?

Die einfachste Variante wäre, dass die Kugeln sehr unterschiedlich groß wären. Dann könnte wieder „gesiebt" werden, wie bei seiner Lebensorbitalenergie *(LOE, „Orbitaltheorie P21")* und der Möglichkeit, „Seelen" nach dem Tod zu sortieren.

Er fragte sich: Sind Licht und Dunkelheit unterschiedlich groß *(energetisch)*?

Ihm fiel auf, dass er bei seinen „Grübeleien" auf diese Fragestellung schon ein paarmal gelangt war, besonders wenn es um eine Geschlechtsdifferenzierung ging. Dabei war er mehrfach zu dem Ergebnis gelangt, dass der weibliche Energieraum *(Seelenraum)* wesentlich größer sein sollte als der männliche.

Sind Yin♀ *(dunkel)* und Yang♂ *(hell)* in ihrer Größe gar nicht im Gleichgewicht?

Ist die Katze ♀ „Schrödin" (Dunkelheit) eigentlich wesentlich größer als der

Kater♂ „Schrödang" *(Licht)*?

Wundern würde es Ernst nicht, er dachte an ein kleines Froschmännchen, das gerade ein großes Weibchen begattete, an Spermien vor der Eizelle… und schmunzelte.

Okay, dann gibt es also riesige Darkosomen und winzige Lightosomen?

Damit vereinfacht sich die Trennung von Dunkelheit und Licht kolossal, „Gottes" Aufgabe war lösbar geworden, Ernst zeichnete sein „Sieb". Dabei kam ihm die Energie-Porenstruktur seiner Lebens- und Seelenräume *(„Orbitaltheorie P21")* enorm zu Hilfe.

FICTION FOTOGRAFIE *(Paula/Ernst, 2020)*: **„Zweifel"**

Licht und Dunkelheit (2)

Liebt ihr euch?
Oder hasst ihr euch?
Das Eine kann ohne das Andere nicht sein
Licht ohne Dunkelheit
Dunkelheit ohne Licht
haben Menschenaugen nie gesehn
Doch ich ahne
Es gibt sie doch
Vielleicht sogar verschmolzen zu einem Wesen
Das sich nicht um Menschen schert
Weil es sie nicht braucht

Seid beides dann zugleich
Ohne Licht und Dunkelheit zu sein.
Menschen sollen nicht sehen
Wie hemmungslos ihr euch paart
Ohne euch zu berühren
Sodass das menschliche Hirn euch nur errechnen
Und erahnen kann

Ernst arbeitete am PC, entwarf eine Unzahl von Modellen mit unterschiedlich großen Lightosomen und Darkosomen, Porengrößen und Kontraktionsmechanismen seiner Energieräume und entschied sich danach für die Darstellung einer Auswahl:

A: Kleine Lightosomen / große Darkosomen

Die Darkosomen sind zu groß, um durch die Poren des Lebensraumes zu gelangen. Die kleinen Lightosomen gelangen mühelos durch die Poren, werden aber von der zweiten Kugelinnenwand *(gelb, kleine Poren)* gestoppt und können aus dem Seelenraum nicht ins All entweichen *(äußere Kugel)*. Die Lightosomen werden durch Kontraktion des inneren Lebensraumes in den Seelenraum gedrückt *(expandieren)*.

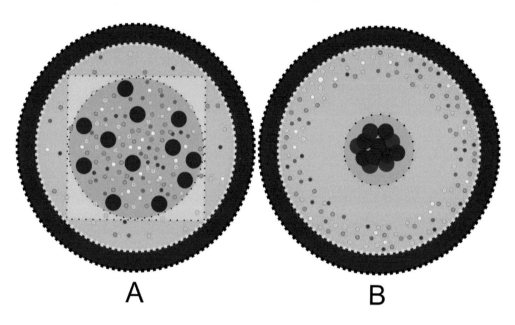

Grafik: 1. **Trennung von Lightosomen und Darkosomen**

äußere Kugel *(schwarz)*: All
mittlere Kugel *(rosa)*: Seelenraum
innere Kugel *(grau)* **mit Würfel** *(grün)*: Lebensraum
Lightosomen: *kleine, farbige Kugeln*
Darkosomen: *größere, schwarze Kugeln*

A: Beginn der Trennung (**Geburt, Leben**)
B: Unmittelbar nach der vollständigen Trennung (**Tod**, Implosion des Lebensraumes)

In dieser Darstellung orientierte sich Ernst am Lebensorbital-Modell *(„Orbital-theorie P21")*, mit einem inneren Lebensraum als Kugel in einem Würfel *(1. A)*. Die *„inneren Energie-Informationen"* hatte er früher meist als Zwiebelscha-lenmodell dargestellt. Für die jetzige Verteilung der Lightosomen dachte er eher an eine Verteilung in Orbitalen, worin die Lightosomen eine gewisse Aufenthaltswahrscheinlichkeit in Energieräumen haben könnten.

Ernst betrachtete die Grafik und dachte, okay **A** könnte das Leben im All darstellen *(Existenz von Lebens- und Seelenraum)*. **B** könnte den Tod darstellen, der Lebensraum ist zerstört, es existiert nur noch der Seelenraum. Die Darkosomen sind getrennt von den Lightosomen.

Die Aufgabe der Trennung von Licht und Dunkelheit ist gemeistert.

B: Kleine Lightosomen / ein großes Darkosom

Ernst dachte weiter, vielleicht gibt es gar nicht viele Darkosomen?

Vielleicht gibt es in jedem Universum, in jedem Orbit, nur ein Darkosom?

Er füllte sofort den gesamten inneren Würfel des Lebensraumes eines Orbits mit einem riesigen Darkosom *(graue Kugel)*. Durch Kontraktion des Darkosoms expandiert dessen Innenleben *(Lightosomen dringen zunächst in den Lebensraum (B), später (beim Tod) in den in den Seelenraum(C) ein)*.

Nach der vollständigen Trennung befindet sich im Innenraum des Seelenraumes nur noch das einzelne Darkosom. Der Lebensraum *(Würfel)* ist zerstört. Nach extremer Verdichtung des Darkosoms *(Zustand der Singularität)* kann neues Leben *(neue Orbits)* entstehen.

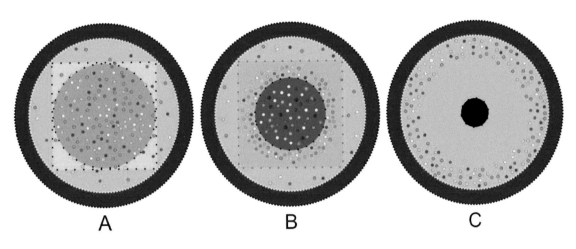

Grafik: 2. **Trennung von Lightosomen und Darkosom**

Kontraktion des Darkosoms *(Kugeln-Würfel-Modell)*

äußere Kugel *(schwarz)*: All

mittlere Kugel *(rosa)*: Seelenraum

innere Kugel *(grau, schwarzgrau)* **mit Würfel** *(grün, hellblau)*: Lebensraum

Lightosomen: kleine, farbige Kugeln

Darkosom: zentrale graue bis schwarze Kugel *(von A nach C kontrahierend)*

A: Beginn der Trennung *(**Leben:** Lebensraum und Seelenraum (Orbit))*

B: Während der Trennung *(**Alterung:** Übergang: **Leben / Tod**)*

    Darkosom (zentral): kontrahierend

    Lightosomen: füllen den Lebensraum

C: Vollständige Trennung *(**Tod:** Implosion des Lebensraumes, Seelenraum, Singularität)*

    Darkosom (zentral): maximal verdichtet

    Lightosomen: zunächst an der Peripherie des Seelenraumes

        später Verteilung im Seelenraum

Während der Trennung von Lightosomen vom Darkosom wird das Darkosom stark kontrahiert. Die innere Kugel zieht sich zusammen *(Stufen: A (grau), B (grau-schwarz), C (schwarz))* und drückt dabei die Lightosomen zunächst in den Lebensraum (B). Beim Tod (C) implodiert der Lebensraum und die Lightosomen werden an die Peripherie des Seelenraumes geschleudert. Damit ist eine vollständige Trennung von Licht und Dunkelheit erreicht.

Das extrem verdichtete Darkosom könnte wieder entspannen, sein Volumen vergrößern *(expandieren)* und Lightosomen einsaugen, bis wieder ein Lebensraum gefüllt ist. Danach kann der Ablauf Licht-Dunkelheit-Licht erneut beginnen.

Ernst dachte, wie ein pulsierendes Herz, das lebenspendendes Blut durch den Körper pumpt.

Diesmal hatte er die Kontraktion des Energieraumes in 2 Stufen dargestellt *(Grafik 2: A, B und C)*, obwohl er diese eher als „gequantelten" Vorgang *(A springt nach C)* gegenüber einem kontinuierlichen Prozess sah.

Während der Kontraktion werden Licht und Dunkelheit getrennt und jeweils verdichtet *(z.B.: Grafik 2: A grau, B grau-schwarz, C schwarz)*. Den Zustand A verglich Ernst mit dem Leben, den Zustand C (B) mit dem Tod.

Wir werden niemals erfahren was und wie hell Licht wirklich ist und was und wie dunkel Dunkelheit wirklich ist, dachte er beim Betrachten der Grafik traurig.

Auf jeden Fall, solange wir leben, schob er nach und dachte an ein Schopenhauerzitat in dem das Licht, das wir Menschen im Falle unseres Todes erleben, als unbeschreiblich hell dargestellt wurde. Der Dunkelheit gestand Ernst ähnliche Eigenschaften zu, zumindest eine komplette Freiheit vom gesamten Spektrum aller elektromagnetischen Strahlen.

Die Dunkelheit belegte er sofort mit der im christlichen Glauben beschriebenen Vorstellung von der „Hölle", das Licht mit der vom „Himmel", naja.

Er sinnierte, eigentlich bin ich nicht viel weiter als am Anfang und erinnerte sich an die Bilder der fraktalen Mathematik, bei denen man auch immer wieder auf ähnliche Strukturen stieß, wenn man versuchte, in das Innere der Struktur vorzustoßen.

Was er sah war ein Seelenraum, mit einem zentralen Darkosom. Wobei die zentrale Lage des Darkosoms sicher auch nur wieder die Momentaufnahme einer statistischen Aufenthaltswahrscheinlichkeit darstellen würde.

Wenn die Grenzen von Energieräumen verschwinden sind Lightosomen und Darkosomen wieder vereint. Licht und Dunkelheit sind untrennbar verbunden, wie Yin und Yang, wie das Leben und der Tod.

Ernst blickte zurück auf seine unterschiedlichen Modelle der Trennung von Licht und Dunkelheit, fand, dass das Modell aus Grafik 1 A dem „*Rosinenkuchen*"-Modell von Joseph Thompson, dem Entdecker des Elektrons *(1897)* sehr nahe kam.

Der nahm zunächst an, dass die kleinen negativ geladenen Teilchen in eine positiv geladene große Masse eingelagert sein würden.

Später, nach Entdeckung des Protons *(E. Rutherford, 1919)*, stellte es sich heraus, dass die Elektronen auf energetisch gequantelten Kreisbahnen den positiv geladenen Atomkern umkreisen *(bzw. Aufenthaltswahrscheinlichkeiten in Räumen (Orbitalen) besitzen)*, was wiederum seinem Modell aus Grafik 2 B ähnelte.

Wahrscheinlich muss man Licht und Dunkelheit auch gemeinsam quantenphysikalisch mindestens als „*duales Wesen*" darstellen, das gleichzeitig Wellencharakter, Teilchencharakter und uns bisher unbekannte Energie-Eigenschaften besitzt, dachte Ernst.
Seine eigenen Modelle sah er als lustige „*Fantasie-Spiele*".

Ernst ertappte sich immer wieder in seinem „*menschlichen*" Verhalten, alles „*anfassbar*" *(für die Hände und den Geist)* gestalten zu wollen. Auf eine rein „*mathematische*" Darstellung des Lichts und der Dunkelheit oder sogar des Menschen als Quant konnte er sich schwer einlassen.

Er war ja auch kein Quantenphysiker und wollte und konnte sich der Angelegenheit nur mit seinen einfachen Bildern und Fantasie nähern.

Formeln können das Licht und die Dunkelheit ohnehin nie vollständig beschreiben, wusste er.

Das physikalische Verständnis von Licht war, nach Ernsts Meinung, auch gar nicht notwendig für die Akzeptanz, dass es für das Leben die wichtigste Energie darstellt und dass menschliche Existenz ohne Licht nicht möglich ist.

Der Mensch ist ein Lichtwesen. In uns selbst ist Licht und Dunkelheit vereint. Lasst uns das Licht als gemeinsames, einendes Element anerkennen, würdigen und ehren.
Ernst glaubte, alle „*menschlichen Götter*" könnten diesem Gedankenansatz zustimmen.

Licht (2)

Einst gab es Dich nicht
Warst mit der Dunkelheit verschmolzen
Dunkler als die Nacht
So eng vermählt, dass Du dich selbst vergaßt
Und Raum und Zeit

Warst weder Strahl noch Welle noch Photon
Da und nicht da zugleich
Sehnsucht kanntest Du nicht
Nach Dir und der Liebe
Wie denn auch

Jetzt bist Du da
Mit Dir die Sehnsucht und die Liebe
Dein Farbenspiel
Das weiß, dass es verglimmen wird
Und will
Neugierig auf die Vermählung mit der Nacht

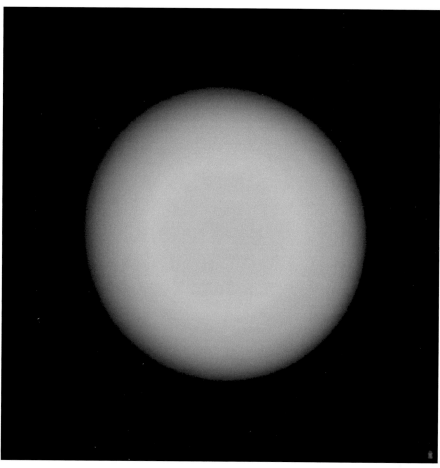

FICTION FOTOGRAFIE *(Ernst, 2021)*: „*Das Licht*"

Pulsieren von Energieräumen

Es war der Silvestertag des Corona-Jahres 2020. Alle „Vernünftigen" hatten sich verkrochen und in ihrem privaten Umfeld verschanzt. Feierlaune zog nicht wirklich auf. Ernst heizte trotzdem den Kaminofen im kleinen Nachbargebäude und freute sich mit Frauchen auf den Abend.

Wollknäuel zog die Tagestierkarte „Schildkröte": *Die Schildkröte gibt dir die Kraft der Mutter Erde,* Ernst die „Eule": *Die Eule schenkt dir Weisheit.*

Weisheit konnte er nicht genug bekommen, heute wollte er erneut über Licht und Dunkelheit sinnieren. Mit seinem Partikel-Modell, war er noch nicht zufrieden. Wie denn auch, Ernst wusste jetzt schon, dass sein angedachtes Wellen-Denkmodell auch nur eine geistige Krücke darstellen würde, da die Gesamtproblematik eine quantenphysikalische Lösung sein müsste. Er telefonierte kurz mit seinem Bruder, der einst an der TU Dresden Experimental-Physik-Vorlesungen besucht hatte und sicher viel besser für diese Denksportaufgabe geeignet wäre, aber 200 Kilometer entfernt seine Corona-Silvesterfeier vorbereitete. Prost Neujahr!!!

Als Ernst wieder die Grafik seines Farbmischversuchs betrachtete, fiel ihm ein, dass er mit einem alten Pastellmaler vor einiger Zeit dessen Lebenserfahrungen in Richtung Mischung von Farben, in Form eines Heftchens zusammengestellt hatte. Er kramte unter den auf Haufen liegenden Büchern und Broschüren einen schon vergessenen Briefumschlag hervor, zog die letzten geistigen Ergüsse seines alten Freundes aus dem Umschlag und staunte nicht schlecht. Auf einer, fein säuberlich mit der Hand skizzierten Zeichnung war genau das zu sehen, worüber Ernst gerade grübelte: Warum sind Schwarz und Weiß die entscheidenden „Farben"?

Schwarz und Weiß standen jeweils an der Spitze eines gespiegelten Farbmischkegels auf dessen Grundfläche 24 *(2x12)* Farb-Hauptmischfarben auftauchten. Danke mein Freund.

Ernst versuchte sich nochmals an einer Grafik zur Trennung von Licht und Dunkelheit. Diesmal wollte er in seinem Modell ein pulsierendes Universum im All darstellen. Dazu verwendete er alternierend die Energiezustände A und C aus der vorherigen Grafik 2.

Er fügte symbolhaft Kurvenverläufe für den Wechsel von Licht und Dunkelheit, den Wechsel von Leben und Tod ein, die das Pulsieren der energetischen Zustände verdeutlichen sollten. Wie die Abfolge von Kontraktions- und Entspannungsvorgängen eines Herzens, dacht er.

Wie mag wohl der „Herzrhythmus" eines Universums aussehen?

Lange zögerte er bei der Festlegung seines Koordinatensystems *(Grafik 3, oben)*, besonders bei der Lage und Beschriftung der Abszisse *(x-Achse)*. Schließlich markierte er wenigstens eine Linie zur Lage der Maxima und Minima von Licht und Dunkelheit auf der Ordinate und beschriftete die Abszisse mit dem Symbol „*t*" der Zeit.

Gibt es negative Licht- bzw. Dunkelheits-Energiewerte? Im „*Teilchenmodell*" ist das sicher schwer darstellbar, aber mit „*Quanten*"…?

Am Ende verzichtete er auf die Einfügung eines Koordinatensystems komplett *(Grafik 3., unten)*.

Als Ernst in seiner Grafik den Übergang vom Licht zur Dunkelheit *(z.B. Mitte: A nach B)* betrachtete, dachte er an den jetzigen Zustand unseres Universums. Befinden wir uns gerade in diesem Prozess der zunehmenden Dunkelheit? Ist dieser vielleicht doch ein kontinuierlicher Prozess, wie in *Grafik 2* angedeutet?

Aber was ist schon Zeit *(t)*, die relative Zeit, die es vielleicht überhaupt nicht gibt.

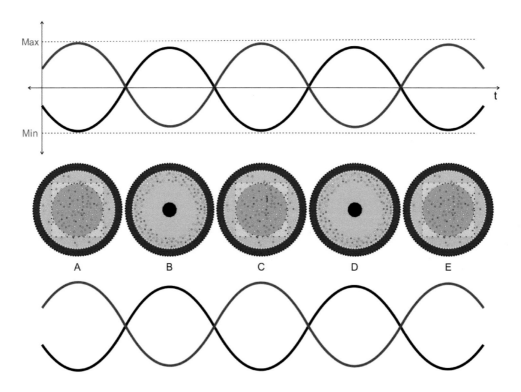

Grafik: 3. **Pulsieren von Energieräumen im All** *(Licht und Dunkelheit)*

A+C+E: *Maximum Licht / Leben (rot)*
Lebensraum (innere Kugel/Würfel): maximal gefüllt mit Lightosomen *(kleine farbige Kugeln)*
Darkosom (innere Kugel, grau): maximal entspannt
Seelenraum (mittlere Kugel, rosa): enthält nur wenige Lightosomen

B+D: *Maximum Dunkelheit / Tod / Singularität (schwarz)*
Lebensraum (innerer Würfel): zerstört
Darkosom (innere Kugel, schwarz): maximal kontrahiert, enthält keine Lightosomen
Seelenraum (mittlere Kugel, rosa): enthält alle Lightosomen *(zunächst im Außenbereich)*.

Ernst dachte, der Zustand B (D) *(Tod, absolute Dunkelheit)* könnte auf jeden Fall die Singularität symbolisieren, aus der wieder neues Licht, neues Leben, ein neues Universum entstehen kann, im ewigen Kreislauf.

Als er die Knotenpunkte der roten und schwarzen Kurve betrachtete, mutmaßte Ernst, das könnten die Zeitpunkte sein, zu denen die Spaltung der „Ur-Quanten" erfolgt und erinnerte sich an die „AffinoSpanten" und „AffinoOvanten" seiner Orbitaltheorie.

Die Universen wären dann bei der Bildung ihrer Gameten im „*mittleren Alter*" und im „*Vollbesitz ihrer Kräfte*" *(z.B. Grafik 2 B).*

Kurz vor der Singularität wäre es sicher zu spät, an Nachwuchs zu denken.

Ernst lächelte über seinen Analogieschluss zum menschlichen Alter und der begrenzten Zeit der Bildung von Keimzellen in unserem Leben.

In den Knotenpunkten besitzen Licht und Dunkelheit genau die Hälfte ihrer Energie *(je 50% Licht und Dunkelheit)* und könnten während ihrer Überkreuzung vielleicht Energieelemente austauschen. In seinen Grafiken setzte er die Transparenz ohnehin vielfach auf 50%, um eine Durchmischung und Halbierung zu symbolisieren. Die Energiehalbierung erachtete Ernst als Grundprinzip bei der Gameten-Bildung *(Ur-Quantenspaltung)*, die er in seiner Orbitaltheorie auch für die Energiehalbierung der „*Super-Information*" der DNA bei der Bildung von Initialenergien beschrieben hatte.

Nach dem Knotenpunkt wird in der Licht-Dunkelheit-Kurve *(Grafik 3)* die Entwicklung in Richtung Singularität fortgesetzt, das Licht bewegt sich hin zum Minimum, die Dunkelheit hin zum Maximum.

Die „*Gameten*" bleiben bis zum potenziellen Erreichen des Singularitäts-Zustandes energetisch erhalten und sind im Zusammenspiel mit „*Gameten*" eines anderen, andersgeschlechtlichen Universums bereit für einen Neuanfang.

Ernst schnaufte zufrieden.

Beim Anblick der Grafiken tauchten in seinem Kopf Bilder von „*stehenden Wellen*", von elektrischen und magnetischen Feldern, von Atomorbitalen... auf.

Für sein Denkmodell brauchte er nur einen Stift und ein Blatt Papier. In Sekunden skizzierte er Szenarien, die viele Milliarden Jahre benötigen würden.

Ihm reichte die Grübelei über eine einfache Grafik, um zu erkennen, dass er eigentlich „*Nichts*" wusste, wie die gesamte Menschheit.

Trotzdem machte es ihm Freude, sein Denken, seine Fantasie in Richtung des „Unerklärlichen" zu lenken.

Ernst entschloss sich, etwas weiter über Licht und Dunkelheit zu sinnieren.

Vielleicht gehören beide noch mehr zusammen, als wir vermuten?

Er entwarf einige Grafiken, in denen er zunächst den oszillierenden Übergang von Licht und Dunkelheit darstellte *(S. 107 oben)*.

Danach konstruierte er ein **„Ur-Quant"**, indem er den Zustand „Leben" *(Licht)* und den Zustand „Tod" *(Dunkelheit)* übereinander schob *(50% Transparenz, S.107 Mitte) und* FICTION FOTOGRAFIE „Hybrid von Licht und Dunkelheit" S.106*)*.

Abschließend inkarnierte er Dunkelheit *(Tod)* und Licht *(Leben)* als

Yin und Yang, sperrte sie in „*Schrödingers Kiste*" (Lebensorbital seiner Orbitaltheorie (Würfel-Kugel-Modell)) und gab ihnen die Namen

Quantin ♀ *[dunkel, tot.]* und **Quantang** ♂ *[hell, lebt]* *(S.107 unten)*.

Damit war das Thema „*Licht und Dunkelheit*" – „*Leben und Tod*" für Ernst abgeschlossen.

Zunächst, er lächelte.

FICTION FOTOGRAFIE *(Ernst, 2021)*: **„Hybrid von Licht und Dunkelheit"**
(50% Transparenz)

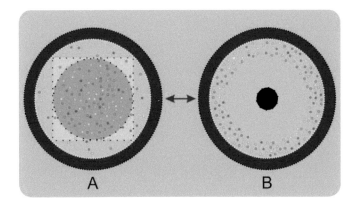

Grafik: *Wechsel von Licht (A) und Dunkelheit (B)*

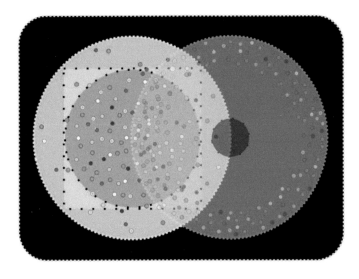

Grafik: *„Ur-Quant" im All* (Hybrid von Licht und Dunkelheit)

Grafik: *Quantin* und *Quantang*

Yin und Yang
Quantin ♀ [dunkel, tot] und **Quantang** ♂ [hell, lebt]
In „Schrödingers Kiste" (Lebensorbital)

Energiekreisläufe im All

Ernst kam von draußen, „*Wintersturm*" heulte ums Haus, 0°C, Nieselregen mit Schneeflocken durchmischt, Winter-Januar in Brandenburg. Die Äste der alten Eiche bogen sich und warfen trotzig abgestorbene Zweige auf den Boden, Kraniche kreisten laut schreiend im Tiefflug über die Felder und Dächer, unsicher ob sie noch in Richtung Süden ziehen oder hier bleiben sollten.

Er hatte große Birkenholzscheite auf das Kaminfeuer gelegt, setzte sich im behaglich warmen Holzhaus vor seinen PC und war glücklich, grübeln zu können. Eine mit großen Bernsteinen geschmückte Tischlampe warf zusätzlich weiches, gedämpftes Licht in den Raum, es war Abend geworden. Draußen zuckten plötzlich Blitze am Himmel und der Schatten der Eiche zitterte im Donner und Schneeregen. Nach einer Stunde war das Zwischenspiel wieder vorbei, die Erde mit feuchtem Schnee überpudert, der Wind hatte sich sanft gelegt, die Wellen auf dem Teich geglättet und trieb die Rauchwolken in die blattlosen Bäume.

Ernst „*blätterte*" in seinem Manuskript.

Als er seine Grafik (*Grafik 3, „Pulsieren von Energieräumen im All"*) betrachtete schoss ihm der Vergleich mit den Energiekreisläufen in seinem vorigen Buch (*„Orbitaltheorie P21"*) durch den Kopf. Er hatte darin Kreisläufe aus alternierenden Spaltungs- und Fusionsprozessen als Energiequelle für das All postuliert.

War es Zufall, dass ihn auch diesmal seine Überlegungen zu Licht und Dunkelheit zum gleichen Ergebnis geführt hatten?

Ernst sann darüber, wie er sein Grafikprogramm überlisten könnte, aus den beiden verdrillten Kurven einen geschlossenen Ring zu formen.

Für seinen „*IT-Spezi*" wäre das sicher eine Kleinigkeit, aber für ihn, ein großes Problem!

In seinem Kopf und auf Papier skizziert waren die Grafiken längst fertig, er brauchte einen einfachen und einen doppelten geschlossenen Kreislauf. Ernst freute sich schon jetzt auf den Anblick der mehrfarbigen ineinander verflochtenen Stränge. Wie die DNA-Stränge eines Plasmids, dachte er.

Der Energiekreislauf (*S. 109 obere Grafik, Bauelement Kurve aus Grafik 3*) symbolisierte für ihn den endlosen, ewigen Zyklus von Leben und Tod, von Licht und Dunkelheit, von Entspannung (*Expansion*) und Kontraktion.

Wirklich endlos und ewig? fragte er sich.

Beim Anblick der Endlosschleife konnte Ernst durchaus die Hindus verstehen, die im Nirwana eine Ausstiegsmöglichkeit aus diesem ermüdenden Kreislauf der Wiedergeburten suchten.

Grafik: **Energiekreislauf von Licht und Dunkelheit**

Pulsieren von Licht (rot) und Dunkelheit (schwarz)

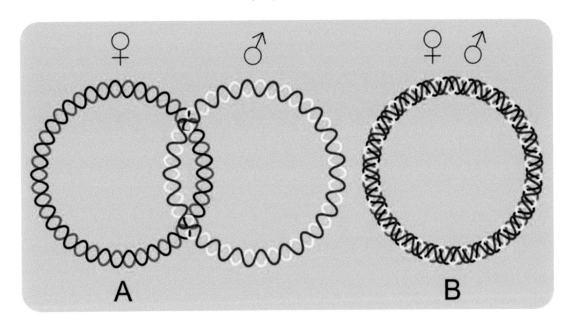

Grafik: **Paarung von 2 Energiekreisläufen (♀ und ♂)**

Pulsieren von Licht (rot/gelb) und Dunkelheit (schwarz/blau)

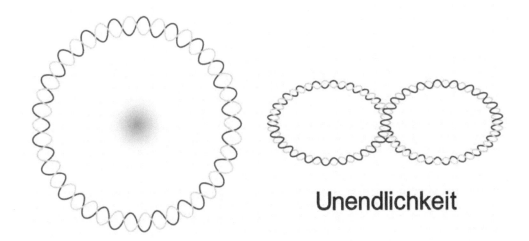

Grafik: **Komplette Paarung von 2 Energiekreisläufen** *(♀ und ♂)* **im All**

Überlagerung von Licht (∑ orange) und Dunkelheit (∑ schwarz-blau) 50% Transparenz

Ernst hatte in seiner Orbitaltheorie einen doppelten Energiekreislauf postuliert, der durch Verschmelzung von zwei Energiekreisläufen unterschiedlichen „Geschlechts" (♂ / ♀) entsteht und damit die Stabilisierung der energetischen Gesamt-Struktur und den Austausch von Energieelementen ermöglicht.

Gibt es solche Kreisläufe auch für Licht und Dunkelheit? Ausschließen kann man es nicht, dachte Ernst und begann die Paarung vorzubereiten *(mittlere Grafik)*. Ein weiblicher♀ Doppel-Strang paart sich mit einem männlichen♂ Doppel-Strang durch Überlagerung des Energiefeldes. Die Abbildung zeigt den Beginn *(A)* und den Abschluss der Paarung *(B)*. Dabei beginnen die Doppel-Stränge in *(B)* zunächst zu „hybridisieren" und sind noch nicht deckungsgleich *(alle vier Farben sind sichtbar)*. Analogien zur Hybridisation von DNA-Doppelsträngen waren für Ernst unübersehbar.

Die untere Grafik stellt die komplette Überlagerung und Synchronisation der Energiefelder von 2 Energiekreisläufen unterschiedlichen Geschlechts dar. Ernst setzte die Transparenz der beiden Kreisläufe *(mittlere Grafik)* auf 50%, schob diese übereinander und drehte die Maxima bzw. Minima der Kurven übereinander.

Dadurch tauchen nur noch 2 Mischfarben *(∑ orange und ∑ schwarz-blau)* auf, die sich bei der Überlagerung der mehrfarbigen Kurven automatisch ergeben. Bei der Verdrillung des Kreislaufes entsteht das Symbol für die Unendlichkeit (∞).

Jeder einzelne Doppel-Strang symbolisiert vielleicht den ewigen Kreislauf von Fusions- und Spaltungs-Prozessen, von Licht und Dunkelheit für ein Universum?

In der Orbitaltheorie paaren sich die „Gameten" *(Initialenergien)* eines ♀ „Ur-Quants" mit denen eines ♂ „Ur-Quants" und verschmelzen zu einem neuen Wesen *(Hybrid-Initialenergie, Urknall, Universum)*.

Sind Licht und Dunkelheit auch die „Gameten" eines „Ur-Quants"?

Ernst hatte sich in dieser Grafik seine kühne Hypothese, dass Singularität bei der Paarung von Universen erzeugt wird, bildlich lustig bestätigt.

Benötigt der „Doppelte Energiekreislauf" keine weitere Energiezuführung?

Sehen wir hier ein Perpetuum mobile im All?

Wer und was sind wir wirklich?

Sind wir Menschen nur ein winziges Element im Spiel der Quanten oder besitzt das Leben eine entscheidende Funktion für die Erhaltung der „Ewigen Kreisläufe"?

All diese Überlegungen führten Ernst nochmals die Dimension der menschlichen Welt innerhalb der Unendlichkeit des Alls vor Augen. Während unseres Lebens bleibt nur die Fantasie um diese Grenzen zu überwinden.

Lasst uns das Leben auf der Erde gemeinsam genießen.

Ernst beschloss, sich wieder „Irdischen Themen" zu widmen.

Die Schönheit des Regenbogens

Regenbögen waren für Ernst, wie für viele Menschen; eine der eindrucksvollsten Naturerscheinungen. Besonders während seiner Norwegenreisen, wenn er im kleinen Boot auf dem Atlantik sitzend, die weit entfernte, felsige Küste beobachten und die Entstehung von Regenbögen wie in einem Film verfolgen konnte. Bilder von Lofoten in Nordnorwegen hatten sich besonders stark eingeprägt, märchenhafte Szenerien mit schnell wechselnden Lichtverhältnissen, Kulissen für Trolls und Götter.

FICTION FOTOGRAFIE *(Ernst, 2019)*: „**Prismenspiel**"

Zu Hause in seinem Holzhäuschen baute er sich aufwendige Anlagen mit Glasprismen, Blenden und Spiegeln, um Regenbögen aus den durch das Dachfenster fallenden Sonnenstrahlen zu locken und diese fotografisch einzufangen. Manchmal dachte Ernst dabei auch schmunzelnd an Isaac Newton, der als einer der ersten Menschen mit Glasprismen *(um 1671)* experimentiert hat und seine Experimentierräume gegen störendes Licht, ähnlich wie er, verbarrikadierte.

Nach der Einführung eines Wirkungsquantums *(h)* durch Max Planck um 1900 konnte man zu jeder einzelnen Farbe des Farbspektrums eine bestimmte Wellenlänge bzw. Frequenz berechnen.

Für Ernst war damit der Regenbogen nicht entzaubert, er sah dies nur als einen weiteren Versuch der Menschen, alles für ihre Hirne erklärbar zu machen und Formeln dafür zu finden.

Was mögen unsere Vorfahren gedacht haben, beim Anblick einer regenbogenfarbenen Brücke zwischen Himmel und Erde?

Ein Glaube und die Hoffnung an etwas „Göttliches" liegen dabei nahe und erregen die Fantasie von uns allen, hoffentlich bis heute.

Als Ernst in einem christlichen Text las, dass der Regenbogen Gott an sein Versprechen *(nach Rettung von Noah aus der Arche)* erinnern soll, die Menschen vor einer weiteren Sintflut zu verschonen, war er eher erstaunt. Für ihn hatte der Regenbogen eine viel größere Symbolkraft.

Außerdem, warum sollte Gott den Menschen eine Absolution für unbegrenzte Verstöße gegen seine Gebote und für die Vernichtung des Planeten Erde erteilen?

FICTION FOTOGRAFIE *(Ernst, 2021): **„Regenbogen in Norwegen"***

5. Die „Festung" der Vernunft

Ernst hatte den Fernseher ausgeschaltet und saß vorm PC.

Selbst über die Weihnachtsfeiertage kannte der Nachrichtensprecher mit den Corona-geplagten Menschen keine Gnade. Horrornachrichten, die das unendliche Versagen der Menschen auf fast allen Gebieten des Lebens eindrucksvoll belegten, gab es im Überfluss. Die zum Jahresende beliebten Jahresrückblicke waren, wie üblich, eine Ansammlung von Kriegen, Hungersnöten, Naturkatastrophen, Raubüberfällen, Terroranschlägen und Vergewaltigungsszenen von Menschen und unseres Planeten, durchmischt mit schlau eingefügten, optimistischen „Lichtblicken", wie z.B. Geburts- und Hochzeitstagen in royalen Häusern, Siegen nationaler Sportclubs, Entgleisungen von selbsternannten Prominenten… die das Selbstwertgefühl der „Normalbürger" aufwerten sollten.

Die Besonderheit dieses Jahres war „Corona". Die Virus-verursachte Pandemie hatte einiges verändert, was vor Monaten noch unvorstellbar erschien. Der Flugverkehr war fast zum Erliegen gekommen, Grenzen, Hotels und Gaststätten geschlossen, alte Menschen kämpften gegen die Vereinsamung und starben in Massen in ihren Heimen. Jeden Tag hörte man, teils widersprüchliche, Nachrichten über die Zahl der Neuinfizierten, Todesfälle und Maßregeln über das Verhalten der Menschen. Die Einschränkungen im „Lockdown" waren derb und nahmen auch den „vernünftigen" Menschen jegliche Freude, andere Orte der Welt und ihre eigenen Kinder und Verwandte zu besuchen. Die Menschen erschreckten vor Menschen ohne Maske und nicht mit Maske. Angst war überall zu spüren, selbst die Weihnachtsgans hatte einen faden Beigeschmack.

Ernst verstand auch die Jugend, die merkte, dass Teile ihrer schönsten Lebenszeit verloren gingen. Sie wollte leben, einfach nur leben und Spaß haben, das Leben genießen, wie davor. Davor, davor, gib uns unser altes Leben zurück! Aber was kann uns das Virus sagen, was sagt es uns über unser Verhalten? Die Zweifel waren groß, ob es ein ähnliches Leben „danach" wieder geben könnte.

Ein kleines schwedisches Mädchen, das hinter ihrer großen Gesichtsmaske kaum als Greta identifizierbar war, berichtete dass die „Bewegung" weniger Menschen auf die Straßen bringen konnte, aber dass der Kern der „Aktivisten" noch fester zusammengewachsen wäre.
Das stimmte Ernst optimistisch.

Politiker versuchten gerade die Entwicklung eines neuen Impfstoffes als genialen Schachzug der Menschen gegen das Virus zu vermarkten obwohl sich die meisten noch unsicher waren, ob der Impfstoff als hilfreiche Waffe gegen das Virus oder als ein tödlicher Cocktail einzustufen war. Sicherheitshalber wurde erst einmal bei unserer „*schutzbedürftigsten*" Menschengruppe, den Alten, mit der Impfung begonnen. Wenn's schief geht… Eher kritisch sah Ernst die Bilder von Impfungen des ohnehin knappen medizinischen Pflegepersonals.

Naja, während Ernsts kurzer Armeezeit bei der „*Chemischen Truppe*" mussten sie ja auch die „*siegreiche Gestaltung*" des Atomkrieges üben. Die Panzer sollten schnellstmöglich dekontaminiert, die Besatzungen ausgetauscht werden. Für die einzelnen Truppenteile gab es berechnete Überlebenszeiten, die sich in Stunden bis Minuten bewegten!

Generalstabsmäßig waren noch vor Weihnachten in Deutschland Impfzentren aus dem Boden gestampft worden. Für die Berechnung, wieviel Menschen geimpft werden müssen, bis eine „*Herdenimmunisierung*" erfolgt ist, benötigt man keine Großrechner. Für die Gestaltung der Abläufe einer solchen Aktion, für ihre Logistik, schon.

Darin sind wir Deutsche normalerweise gut.

Es wurde damit gerechnet, dass Mitte 2021 genügend Deutsche mit unterschiedlichen Impfstoffen behandelt werden könnten. Die europäische, bzw. sogar die globale Idee rückte zunächst teilweise aus dem unmittelbaren Fokus, bzw. sorgte für Turbulenzen in der Impfstoff-Bestellung und -Verteilung.

Zusammengefasst: Eigentlich gab es einerseits ideale Voraussetzungen darüber nachzudenken, was am Leben der Menschen auf unserem Planeten alles geändert werden muss, andererseits schwächelte gerade die Idee der Globalisierung, die eine wesentliche Voraussetzung zur Umgestaltung unseres Planeten darstellen müsste.

Trotzdem, jetzt wäre die Zeit, eine Chance vieles zu verändern,
was bisher als unveränderbar galt.

Eigentlich.

Der Glaube an das Licht

Ernst liebte das Licht und hoffte, dass ihm darin die meisten der acht Mrd. anderen Menschen auf unserem Planeten folgen könnten. Bei seinen Recherchen zu den Weltreligionen waren ihm auf jeden Fall keine Gebote aufgefallen, die zur Vernichtung des Lichtes aufgerufen hätten. Im Gegenteil, die meisten Religionen verehren das Licht als „Göttliches Produkt".

Wäre es vorstellbar, dass alle Glaubensrichtungen, ohne ihre alten Götter zu vernichten, das Licht in ihre Gebote integrieren könnten?

Ernst sah sich exemplarisch die Zehn Gebote der Christen an und hielt das durchaus für möglich.

Als Ernst den Text der Zehn Gebote nochmals las, wunderte er sich, dass Gott dem Licht nicht mehr Bedeutung eingeräumt hatte. Die beiden ersten Steintafeln, auf denen Gott die Gebote eigenhändig geschrieben haben soll, zerbarsten allerdings, als Mose nach 40 Tagen vom Berg Sinai zurückkehrte und einen Teil der Israeliten bei der Anbetung eines goldenen Kalbes überraschte.

Das Licht ist doch Gottes göttlichstes Produkt und hat für uns Menschen mehrfache, existenzielle Bedeutung als Spender von Helligkeit, Wärme und als geistige Kraft.

Das Licht sollte auf jeden Fall auch eine wichtige Rolle im christlichen Glauben spielen.

Als Jesus Christus offen von sich behauptete, dass er das Licht sei (Joh 8,12°EU: „Ich bin das Licht der Welt"), rückte er in das Visier seiner späteren Kreuziger, obwohl der Begriff Licht eher als Wegweiser für die Menschen aus der „geistigen Dunkelheit" hin zu Gott gemeint war.

Dass das Licht das zweite Werk Gottes (Altes Testament, Schaffung von Tag und Nacht), nach der Schaffung von Himmel und Erde, also unseres Planeten, gewesen sein soll, unterstreicht die enorme Wichtigkeit des Lichtes für unsere Welt und für die Menschen.

Da, nach Ernsts Recherchen, Inhalte des Alten Testaments im jüdischen, im christlichen und islamischen Glauben enthalten sind, sah er für diese drei Weltreligionen kein Problem in einer „Verehrung des Lichts" als göttliches Produkt. Ernst dachte, die Vertreter der einzelnen Religionen könnten ja ihrem jeweiligen „Gott" für die Erschaffung des Lichts danken.

Gleichzeitig hörte er die Aufschreie der Religionsgelehrten, die jegliche Veränderung der alten Glaubenslehren ablehnten.

Bei den anderen beiden Weltreligionen Hinduismus und Buddhismus konnte Ernst ohnehin keine Schwierigkeiten erkennen, da sie generell der gesamten Natur *(z.B. Berge, Tiere, Pflanzen, Naturerscheinungen)* einen großen Raum in ihrem Glauben einräumten.

Ähnlich wie Jesus brachte sich Buddha in Indien geistig in die Nähe des Lichts, als er bereits 500 Jahre davor behauptete, er sei der „Erleuchtete" *(Geschichte der Erleuchtung unter dem Feigenbaum sh. Buddhismus)*.
Er meinte, den Ausweg der Menschen aus dem ewigen Kreislauf der Wiedergeburten gefunden zu haben. Offensichtlich waren die hinduistischen Religionsgelehrten toleranter als die jüdischen. Buddha verstarb im Alter von 80 Jahren, kurioserweise *(Vegetarier)* an einer Fleischvergiftung.
Bei der Vielzahl der hinduistischen Götter und ihrer Inkarnationen wurde Buddha sicher zunächst als ein weiteres Farbelement des Glaubens gesehen.

Außerhalb der Weltreligionen stieß Ernst auf viele Glaubensrichtungen der Gegenwart und Vergangenheit, die das Licht, die Sonne, verehrten und war sich der Zustimmung dieser Menschen relativ sicher, das Licht als ausgleichendes, einigendes Element anzuerkennen. Das sollte auch die Schlichtung von Glaubenskriegen ermöglichen.

Selbst atheistischen Atomphysikern traute er unterdessen zu, das Licht als „Göttliche Energie" einzustufen und als übergreifendes Element für alle „Gläubigen" und „Nichtgläubigen" zu akzeptieren.

Ernsts Hoffnung war, dass das Bewusstsein der gemeinsamen Abhängigkeit aller Menschen vom Licht die Schaffung eines **„Blauen Planeten"**, auf dem alle Menschen in Frieden leben, ermöglichen könnte.

Er vereinigte die Symbole der fünf Weltreligionen und weiterer Glaubensrichtungen innerhalb eines Orbits seiner Orbitaltheorie *(Lebensraum und Seelenraum)* in einer Grafik.

Grafik: *Vereinigung der Symbole der Weltreligionen*

Judentum–Christentum–Islam–Hinduismus–Buddhismus–Konfuzianismus-Shintoismus

Die Grafik sollte den Willen symbolisieren, die geistige Kraft und das Bemühen aller Menschen der Erde auf die Gestaltung des **„Blauen Planeten"** zu richten.

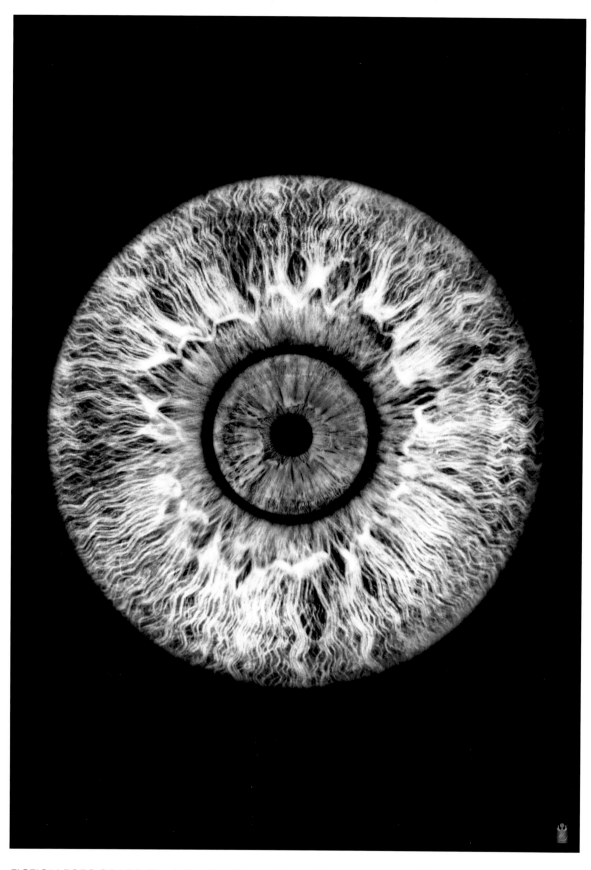

FICTION FOTOGRAFIE *(Ernst, 2021):* **„Unsere Augen"**

Der Weg zum „Blauen Planeten"

Als Ernst damit begann, über die Vorgehensweise nachzudenken, wie man diesen „Blauen Planeten" erschaffen könnte, erschrak er vor der Gewaltigkeit der Aufgabe und wollte sein „Projekt" fast abbrechen.

Ihm war klar, dass er die Thematik nicht ansatzweise vollständig darstellen könnte.

Schließlich entschloss er sich wenigstens der Dramaturgie seines Bühnenstücks „Der Weg" ein Stück zu folgen.

1. Beginnen muss man sicher mit der Anerkennung der menschlichen Vernunft als Leitgedanken.
2. Die Idee, das Licht als einendes Element zu betrachten, soll zur Schlichtung von Streitigkeiten zwischen Religionen und Glaubensrichtungen eingesetzt werden. Das Licht kann den Menschen jeden Tag an seine Stellung und Rolle im unendlichen All erinnern.
3. Ein „Planetenrat" soll eine Prioritätenliste von Aktivitäten festlegen die die Schaffung des „Blauen Planeten" ermöglichen.
4. Die Führung im Umgestaltungsprozess muss von der bedrohtesten Generation, den Kindern und Jugendlichen, selbst übernommen werden, die sich global vernetzen.
5. Die Erfahrungen der Erwachsenen-Generation sollen integriert werden, ohne Korruption zu ermöglichen.

Ernst war klar, dass auf diesem Weg Ideen von „Auserwählten Völkern" nichts zu suchen haben. Es geht um die Erhaltung des Lebensraumes und des Lebens des „Einen Menschen" auf unserem einmaligen Planeten.

Als Ernst beginnen wollte eine Prioritätenliste aus seiner Sicht zu schreiben, bemerkte er, dass die Geschichte bereits begonnen hatte, diese selbst zu schreiben. Die neue, von Kindern ausgelöste, Bewegung, die zunächst das Ziel hat eine weitere schnelle Erderwärmung zu verhindern, ist der Beginn des Sturmes auf alle Bastionen der gegenwärtigen Welt, die der Vollendung des „Blauen Planeten" im Wege stehen, hoffte Ernst.

Mitten in der Corona-Pandemie überkam Ernst ohnehin das Gefühl, dass in Zukunft vieles den Menschen von der Natur aufgezwungen werden wird. Dadurch verkleinert sich zunehmend ihr freier Handlungsspielraum.

Diesmal stand auch ein Virus auf der Seite der Kinder. Ihnen kann dieser glücklicherweise gesundheitlich nur wenig anhaben. Die Pandemie verhinderte allerdings z.B. die Organisation von weltweiten Freitagsdemonstrationen, die die Entschlossenheit der Jugend, konkrete Änderungen zu erzwingen und diese den Regierungen ihrer Staaten abzuringen, nachdrucksvoll untermauert hatten.

Zum Glück konnte die weltweite Zusammenarbeit mittels der elektronischen Medien fortgesetzt und die Vernetzungen ausgebaut werden. Alle hofften natürlich, dass es eine Zukunft nach der „Corona-Zeit" geben würde.

Ernst versuchte sich zögerlich an einer Prioritätenliste.

Die Liste könnte enthalten *(Ernst begann stichpunktartig aufzählen)*:

- Schutz der Natur unseres Planeten vor Zerstörung durch den Menschen (z.B.: *Umweltschutz Erde, Luft, Wasser, Verhinderung der Abholzung der Regenwälder, Verhinderung der Ausbeutung der Naturschätze in der Arktis, Antarktis, Schutz der Ozeane und der Tiefsee, Verhinderung von Licht- und Lärmverschmutzung ...)*

Ernst dachte, auf diesem Gebiet ist sicher eine Zusammenarbeit mit Organisationen, wie „Greenpeace" sinnvoll, die sich z.B. schon Jahrzehnte um den Schutz bedrohter Arten und den Erhalt der Natur bemühen und in spektakulären Aktionen gegen die meist übermächtigen Industrien ankämpfen.

Als Ernst einen Filmbeitrag über den Schutz der Rotlachse in Kamtschatka sah, war er beeindruckt. Vor Jahren gab es dort eine scheinbar aussichtslose Situation. Die Fische wurden auf dem Zug zu ihren Laichgebieten erbarmungslos gejagt und standen vor der Ausrottung. Wilderer schlachteten zehntausende Fische und stahlen ihren Kaviar, Fischer versperrten den Lachsen mit ihren Netzen den Weg aus dem Meer in die Flüsse. Ausgehend von einer kleinen Gruppe von entschlossenen Männern konnte unterdessen dem Großteil der Wilderer das Handwerk gelegt und der Fang kontrolliert werden, sodass der Bestand der Rotlachse zurzeit stabil ist. Hoffentlich für immer.

Die wichtigste Botschaft und Lehre aus der Aktion aber war die Erkenntnis, dass Veränderungen in den Köpfen der Menschen erfolgen müssen. Schon in den Schulen der einheimischen Kinder entlang der Laich-Flüsse wurde der Lachs in die Erziehung der Kinder aufgenommen. In den Schulen lernt jedes Kind, dass der Lachs alle, die Menschen und die Bären ernährt und wenn wir ihn vernichten, die Lebensgrundlage von uns selbst und der Bären zerstören. Die Kinder in den Kindergärten fertigten farbige Pappfiguren von Lachsen und Bären, trugen sie durch die Dörfer hin zum Fluss. Sie hatten den Lachs als ihren Freund begriffen und waren bereit ihn gegen Feinde zu verteidigen.

Das muss der Weg sein, die Kinder sind unsere Hoffnung.

Ernst war daraufhin sofort bereit, die Erziehung der Kinder und Ausbildung von Jugendlichen als eine der wichtigsten Aufgaben weltweit zu fixieren:

- Veränderung der Erziehung und Ausbildung von Kindern und Jugendlichen:
  Stärkung des Bewusstseins, selbst ein Teil des „*Blauen Planeten*" zu sein.

Dabei müssen neue Prioritäten gesetzt, und möglicherweise andere Bildungsinhalte zurückgestellt werden. Das betrifft Kindergärten, Schulen und Universitäten. In der „*Corona-Zeit*" war deutlich geworden, dass Home-Office nur begrenzt zur Ausbildung geeignet ist. Das wichtigste, einschließlich Vorbildwirkung, sind die menschlichen Kontakte zwischen Schülern und Lehrern.

Im Zusammenhang mit Bildung dachte Ernst auch an die benachteiligten bzw. unterdrückten Mädchen und Frauen z.B. in den Slums von Afrika, Südamerika oder in Asien und im Orient.

Er notierte eine wichtige Aufgabe:

- Globale Durchsetzung der Gleichberechtigung von Mann und Frau
  (z.B. Bildung, Beruf, Entlohnung, Familienleben, Führungspositionen)

Wenn man diese Ziele erreichen könnte, wäre viel getan, dachte Ernst. Ohne Bildung wird es auch schwer, die Möglichkeiten und Notwendigkeiten der Geburtenregelung zu erklären, um eine Überbevölkerung des Planeten zu verhindern.

Die geistig und körperlich befreiten Frauen waren eine von Ernsts großen Hoffnungen für die Umgestaltung des Planeten Erde.

Er versuchte seine Liste zu erweitern:

- Entwicklung völlig neuer, globaler Energie-Konzepte und Technologien:
  Konzentration der Forschung auf direkte Anwendungsmöglichkeiten

Ohne regionale Energiekonzepte zu vernachlässigen sollte hier versucht werden, an besonders begünstigten Standorten des Planeten Energie für „alle" zu produzieren (z.B. Solarenergie, Wasserstoffproduktion in Wüstenregionen).

- Globale Steuerung des Wirtschaftswachstums und der Industriestandorte: Konzepte, die sich von der Idee des unbegrenzten Wachstums verabschieden...

Je schneller die Liste der Aufgaben wuchs, desto deutlicher wurde Ernst klar, dass er den Weg zum „Blauen Planeten" nicht kannte. Er tappte völlig im Dunkeln.

Ihm würde es nichts nutzen die Liste um tausende „sinnvolle und vernünftige" Zielstellungen wie z.B. Verhinderung von Kriegen, gleichberechtigter Zugang zu den Bodenschätzen der Erde, Verteilung des Reichtums, Steuerung der Migration der Menschen auf der Erde, einheitliche Sprache ...zu erweitern.

Er schrie verzweifelt in sich hinein „Ich weiß, dass ich nichts weiß" und war gedanklich bei den alten Griechen und Albert Einstein.

Ernst wusste nur, dass die Menschen das Licht brauchen würden, um den Weg erkennen zu können, das Licht der Sonne und das ihres Geistes.

Nur auf Götter sollte man sich dabei nicht verlassen, dachte er.

Ernst hörte die Kämpfer der französischen Revolution auf ihren Barrikaden rufen „Freiheit, Gleichheit, Brüderlichkeit", sah den Triumphzug der Pariser Frauen nach Versailles und dachte an den traurigen Lauf der Geschichte.

Diesmal muss es gelingen.

FICTION FOTOGRAFIE *(Paula/ Ernst, 2021)*: „***Kraft***"

Wird es einen Weg zum „Blauen Planeten" geben ohne die Vernichtung der gesamten Menschheit?

Ernst war sich in diesem Punkt sehr unsicher.

Besonders deshalb, weil es in der Geschichte und in den Geschichten der Menschen bereits mehrfach Wendepunkte gegeben hat, die einen kompletten Neuanfang ermöglicht hätten.

Müssen wir vielleicht an dem, auch in unseren Genen programmierten, Egoismus endgültig scheitern?

Ernst hatte zufällig den amerikanischen Film „Noah" im TV gesehen. Mit beeindruckenden Bildern wurde hier die Vernichtung der gesamten Menschheit durch eine von Gott verursachte Sintflut dargestellt.

Die Menschen missachteten alle Gebote Gottes und erzürnten ihn so, dass er beschloss, alle, außer Noahs Familie, zu töten.

Die einzigen Überlebenden waren die Familienmitglieder von Noah

(acht Personen: Noah, seine Frau und seine drei Söhne mit ihren Frauen) und die Tiere und Pflanzen, die Noah mit auf die Arche genommen hatte.

Nach dem Rückgang des Wassers wurde die Erde von diesen neu besiedelt.

Man hätte annehmen können, dass ab diesem Zeitpunkt der Weg zum „Blauen Planeten" frei sein sollte.

Doch schon Jahre später kam es wieder zu Verfehlungen der Menschheit, die „Gott" erzürnten. Die biblischen Geschichten von der Zerstörung von Sodom und Gomorra *(durch Schwefel- und Feuerregen)* und der Beendigung des Turmbaus von Babel *(durch Sprachverwirrung)* sind nur zwei Beispiele.

Seitdem sind mehr als zweitausend Jahre vergangen, aber verändert hat sich nicht viel.

Doch, dachte Ernst, immer mehr Staaten und Menschengruppen basteln an Atombomben und planen die Auslöschung der „Anderen", ohne zu begreifen, dass sie sich damit selbst vernichten.

Wo ist die Kraft, die die Menschheit eint und auf den Weg zum

„Blauen Planeten" führt?

Ernst war recht optimistisch in die Thematik gestartet, hatte neugierig und unvoreingenommen, nach seinen Kräften, unterschiedlichste Literatur durchforstet und nach einem „einigenden Element" gesucht.

Ernst glaubte, dieses einigende Element auch gefunden zu haben, das Licht.

Er gab seiner Fantasie freudig freie Zügel um lustige Bildchen zu zeichnen, die vielleicht die menschliche Sicht auf Licht und Dunkelheit bereichern könnten.

Seine „*Ur-Quant*"-Grafik und Energie-Kreisläufe waren für ihn Symbole für die Einheit und den Kampf von Licht und Dunkelheit, von Gutem und Bösem, von Frieden und Krieg, von Vernunft und Unvernunft, für uns Menschen.

Als Ernst auf die Zielgerade einbog kamen ihm starke Zweifel.

Er begann, einzelne Kapitel seines Buches wieder zu „*zerreißen*", änderte den Titel und überlegte sogar, auf eine Publikation des Textes zu verzichten.

Was war geschehen? Ernst war in seinem Kopf von der Realität eingeholt worden, Zweifel plagten ihn.

Ernst wusste, dass die Menschheit den Weg nur finden und auch beschreiten könnte, wenn alle zu konkreten Veränderungen bereit wären.

Als er sich z.B. die zehn Gebote der christlichen Bibel ansah, war Ernst sofort bereit, als neues drittes Gebot **„Die Heiligung des Lichtes"** einzufügen, ohne den Rest zu verändern. Seiner Ansicht nach war das sogar eine Verbesserung und Aufwertung des Textes und Huldigung von „*Gott*".

Licht, als „*göttliches Produkt*", wenn man der Bibel glaubt, zu ehren, sollte ein Verstoß gegen den Glauben sein?

Ja, es ist Gotteslästerung, hörte er Stimmen rufen.

Da erschrak Ernst und seine Fröhlichkeit verstummte.

Angst kam in ihm auf und er sah sich schon in einer Reihe mit den erschossenen Mohammed-Karikaturisten des französischen Satiremagazins „Charlie Hebdo".

Wo endet Meinungsfreiheit und wo beginnt Gotteslästerung?

Ebenso hätte Ernst Vorschläge für die „*Verbesserung*" von politischen Ideologien oder Wirtschaftssystemen unterbreiten können. Das Ergebnis für ihn wäre sicher ähnlich gewesen. Von den Verfechtern der unterschiedlichen Denkrichtungen und Systeme, die meist auch persönliche, irdische Vorteile akkumulieren, wäre Ernst auch „*gesteinigt*" worden.

Ernst glaubte sich auf der Suche nach einem Weg in die Zukunft der Menschheit. War er in einer Sackgasse oder auf dem falschen Weg?

Darf, oder muss man auf dieser Suche Ideen ausklammern?

Können wir diesen gordischen Knoten selbst zerschlagen oder zerschlagen ihn „*Höhere Mächte*" für uns?

Wie können die Interessen aller Menschen in Richtung der Idee des „Blauen Planeten" gelenkt werden?

Das war für Ernst die wichtigste aller Fragen für die Menschheit, viel wichtiger als den hundertsten Exoplaneten zu finden oder über eine Umsiedlung der Menschheit auf den Mars nachzudenken.

Ein global vernetzter „*Planetenrat*", unter maßgeblicher Führung der jungen Generation, müsste sich ab sofort nur mit dieser einen Frage beschäftigen und Strategien zur weltweiten Durchsetzung von Maßnahmen zur Erhaltung und Umgestaltung unseres Planeten entwickeln.

Ernst würde ein Forschungsinstitut integrieren und einen „*Tempel*" des Lichts, des Friedens, der Hoffnung und der Vernunft errichten wollen.

Der „*Planetenrat*" sollte Zugang zu allen Daten menschlicher und künstlicher Intelligenz erhalten und von der gesamten Menschheit vor zu erwartenden Angriffen von außen geschützt werden.

Wenn man dafür ein Gebäude plant, muss dieses als drohnensicherer Hochsicherheitstrakt gestaltet und mit hochentwickeltster Waffentechnik geschützt werden, dachte er, eine Schande, aber traurige Realität der menschlichen Gesellschaft unseres jetzigen Planeten Erde.

Von dort aus könnten die, sicher notwendigen, globalen harten „*Lockdown-Maßnahmen*" koordiniert und kontrolliert werden.

Das erfordert eine aktive Mitarbeit jedes einzelnen Landes, jedes einzelnen Menschen, jedes Kindes.

Ernst dachte, aus **Angst um uns**, Corona-Virus geplagten Menschen, waren wir in Pandemiezeiten zu Einschränkungen unserer Lebensgewohnheiten bereit, vielfach allerdings nur unter massivem staatlichen Druck.

Wozu sind wir bereit aus **Angst um unseren Planeten**, der von uns Menschen geplagt wird? Was ist uns die Rettung der Erde, unserer Heimat, wert?

Die Größe der Aufgabe erreicht „*übermenschliche*" Dimensionen.
Wird diese Aufgabe lösbar sein? Wird sie ohne Kriege lösbar sein?
Zweifel blieben zurück.

Ernst hoffte, mit der Idee, Licht als „einigendes Element" zu benutzen, wenigstens einen kleinen Beitrag geleistet zu haben, wenn auch wahrscheinlich nur für ein „Forschungs-Projekt" von vielen.

Er erinnerte sich, was er über die große Offenheit und Toleranz der hinduistischen Religion gelesen hatte, die es Hindus erlaubt neben ihren Göttern auch z.B. Jesus Christus anzubeten, ohne sie der Gotteslästerung oder dem Vergehen an der eigenen Religion zu bezichtigen. Der Heilige Ramakrishna *(19. Jahrhundert, bedeutender hinduistischer Mystiker)* soll gesagt haben:

„Jede Religion hat ihre Irrtümer, jeder denkt, dass nur seine Uhr richtig geht. Es genügt aber, eine heiße Liebe zu Gott zu haben. Wisst ihr denn nicht, dass Gott, oder das Göttliche, unser innerer Führer ist?"

Für Ernst war das Licht das „*Göttliche*", sein innerer Führer.
Er warf einen Blick auf seine Grafik, in der er die Symbole der Weltreligionen zusammengefügt hatte, in der das Om (ॐ) der Hindus friedlich und stolz neben den Symbolen der Juden, Christen, Muslime, Buddhisten… prangte (S.117).

Das Paradies könnte so nah sein.
Im Kopf von Ernst existierte es bereits.
Ein Kind rief aus dem Hintergrund:
„Es war das zweite Mal, ich habe genau mitgezählt".
Ernst antwortete:

„Ja, du hast recht. Ihr Kinder seid meine große Hoffnung.
Wir werden gemeinsam das dritte Mal, dass wir uns selbst das Licht stehlen, verhindern."

Ernst dachte an das im Mutterleib wachsende, noch ungeborene Kind seines Sohnes Armin und der Kasachin Elena, sah einen Adler über der kasachischen Steppe kreisen, der hin zu Norwegens hohen Bergen und tiefen Fjorden flog und lächelte.

Der zweite Ring war geworfen.

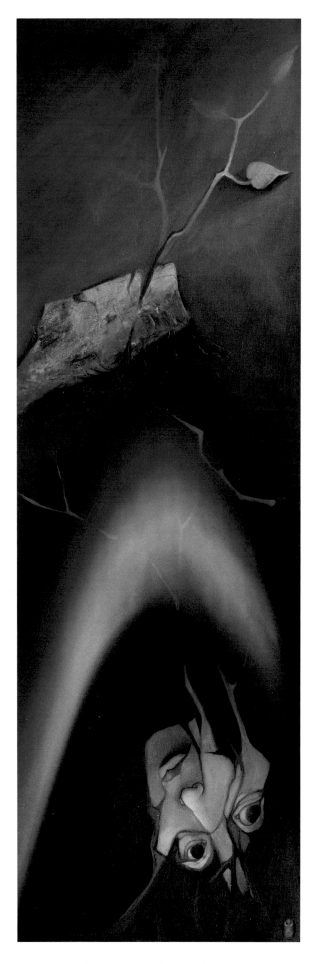

FICTION FOTOGRAFIE *(Paula/ Ernst, 2021):* **„Hoffnung"**

Stille Nacht (1)

Stille Nacht, Heilige Nacht
Suchst Du das Licht
Den Kerzenschein
Den Du so vermisst
Im Dunkel der Welt
In Dir

Stille Nacht, Heilige Nacht
Hör den zarten Harfengesang
Von fern
Der schwillt zum Orkan
Gottgewollt
Unaufhaltsam
Fegst alle Dämme hinweg
Zu den Herzen der Menschen

Stille Nacht, Heilige Nacht
Heut ist der Tag des Lichts
Das quillt aus allem Dunkel jäh hervor
Und lässt erstrahlen das All
In Farben die es nie gesehn
Um Dich zu preisen
Du Stille, Heilige Nacht

Stille Nacht, Heilige Nacht
Gibst Dich selbst auf
Deine Stille der Nacht
Die dir so heilig war
Für uns
Die wir ängstlich flehten
Bitte lass die Nacht vergehn

Stille Nacht, Heilige Nacht
Verzeih uns Menschen
Wir ahnen Schönheit nur im Licht
Das dich verzieren soll
Für uns
Dich aber verzehrt

Verzeih uns
Stille Nacht, Heilige Nacht

Zum Verlag

Unsere Bücher, Projekte und Veranstaltungen sind da, um Mut zu machen, Hoffnung zu spenden, Ihnen ein Lächeln ins Gesicht zu zaubern, Kinder zu fördern und die Welt ein klein bisschen schöner zu machen.

Weitere Informationen finden Sie unter:

https://www.verlag-andreaschroeder.de/

Verlag Andrea Schröder,
Inhaber Jens Koch

Wir machen die Welt
ein klein bisschen schöner.